象が来たぞぉ(一)

くノ一忍《にん》湯《とう》帖

風野真知雄

JN150295

PHP
文芸文庫

○本表紙デザイン＋ロゴ＝川上成夫

象が来たぞぉ㈠

くノ一忍湯帖《にんとう》

目次

主な登場人物

徳川吉宗《とくがわよしむね》　第八代将軍。〈富士乃湯《ふじのゆ》〉では青井新之助《あおいしんのすけ》と名乗る。
桃子《ももこ》　日本橋一の売れっ妓《こ》芸者。実は吉宗の子。富士之湯の常連。
丈次《じょうじ》　町火消〈い組〉の纏《まとい》持ち。富士之湯の常連。
三太《さんた》　町火消。丈次の子分。富士之湯の常連。
あけび　美貌と腕を兼ね備えたくノ一。将来の願いは大店《おおだな》の女将《おかみ》。
権蔵《ごんぞう》　お庭番。〈湯煙り権蔵〉と呼ばれ、湯の中では天下無敵。
川村一甚斎《かわむらいちじんさい》　お庭番の頭領《とうりょう》。
水野忠之《みずのただゆき》　老中。綽名《あだな》は〈ほめ殺しの水野〉。
安藤信友《あんどうのぶとも》　老中。綽名は〈おとぼけ安藤〉。
稲生正武《いのうまさたけ》　勘定奉行。綽名は〈ケチの稲生〉。

富士乃湯周辺

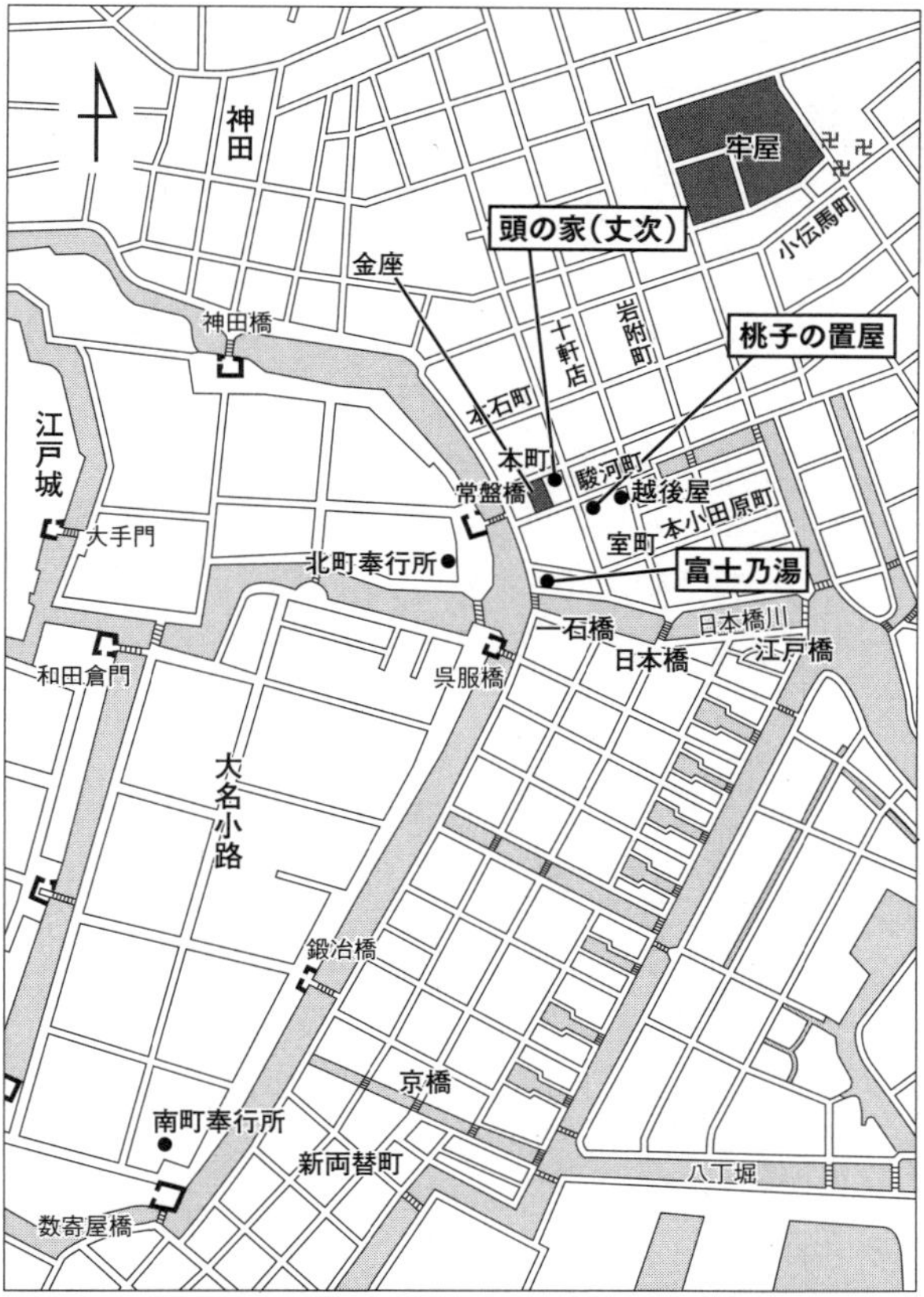

『江戸の町（上）』（内藤昌著／穂積和夫イラストレーション・草思社）を参考に作成

第一章　田力《たぢから》とくノ一

一

五十がらみの男が温泉につかっている。

人の顔というのは、ここまでだらしなく崩れるものかと驚くくらい、すっかり弛緩《しかん》しきっている。

顔はすでに真っ赤である。髷《まげ》のなかや額《ひたい》からは、油を垂らしたみたいに、汗が絶え間なく流れ落ちている。目はうつろで、なにかを見ているようには、とても思えない。

だが、突如《とつじょ》——。

「あちっ、あちちちっ！」

そう言って、いきなり湯舟から飛び出し、洗い場をごろごろと転がった。

「ふう。やっぱり熱いよな。ここの湯は」

と、男は呻《うめ》いた。だが、けっして嫌そうではない。湯の熱さを嬉《うれ》しがっているようである。

まもなく男はのそのそと起き上がると、湯舟の縁《ふち》のところであぐらをかいた。

それから満足げに湯舟から上がる湯気《ゆげ》を眺め、

「うむ。やっぱりここもいい湯じゃのう」

と、つぶやいた。

男の名を、権蔵《ごんぞう》という。

一部では、〈湯煙《ゆけむ》り権蔵〉という綽名《あだな》で知られている。

一見すると、武士のようではない。髷は町人と武士のあいだぐらい。大銀杏《おおいちょう》ほど威張《いば》っておらず、小銀杏ほどへつらってもいない。月代《さかやき》はだらしなく伸び、うっすら無精《ぶしょう》ひげも生えている。

もし、武士であれば、あまり身分は高くないだろうし、町人であるなら、自分の店は持てていない棒手振《ぼてふ》り稼業あたりだろう。

じつはこの男――、幕府のお庭番として、密偵《みってい》活動に従事する者である。

お庭番は、八代将軍徳川吉宗《よしむね》によって、従来の隠密《おんみつ》組織とは別に、じきじきの命令によって活動することを目的につくられた。この職務に従事するのは、十七家だけ。身分は御家人《ごけにん》なので、本来、将軍へのお目見《めみ》えはできないのだが、直接、命令を受けられるという、不思議な立ち位置にいる。

ただし権蔵は、十七家のなかの川村《かわむら》家の家来なので、身分は御家人よりさらに下ということになる。すると、はたして武士と言えるのか、微妙《びみょう》なことになってくる。

そうした、おのれの身分に対する不満からというわけでもないのだろうが、ぼんやりと湯気に包まれながら、権蔵はこうつぶやいたのだった。

「密偵なんかやってられるかよ」と。

権蔵は、ここに来る前には、那須《なす》温泉に半月ほど滞在した。

毎日、三、四度、白濁《はくだく》した熱めの湯につかり、ごちそうとまでは言えないが、素朴《そぼく》なうまい飯をたっぷり食べ、なにもせずにだらだらと、年老いた猫のようになって過ごした。

しばらく前までは、かなり忙しかったりしたのだが、その疲れもすっかり取れた。しかし、権蔵に言わせると、

「人間、あんまり疲れが取れ過ぎると、やる気もぽろぽろと取れてしまうんだよな」

だそうである。

しかし権蔵は、湯治《とうじ》に来ているわけではないのである。将軍吉宗からじきじきの密命を言い渡されて、旅に出たのだ。

その密命とは――。

元禄《げんろく》二年（一六八九）のことというから、いまから四十年ほど前、松尾《まつお》忠右衛門《ちゅうえもん》なる男が、奥州《おうしゅう》から北陸をめぐる旅に出た。男の職業は、俳諧師《はいかいし》。名は幾度か替わったが、芭蕉庵桃青《ばしょうあんとうせい》、あるいは単に芭蕉の名が一般には知られている（ちなみに、松尾芭蕉という呼び方をする者も多いのだが、本人が「わたしは松尾芭蕉です」と名乗ったことはないらしい）。

この芭蕉、出身は伊賀《いが》である。身分は農民だが、藤堂《とうどう》家の使いっぱしりのようなこともしていたらしい。

と聞くと、俳諧師以外の職業を想像してしまうではないか。そう、伊賀者、すなわち忍者である。

その真偽はさておき、もしも芭蕉が忍者であったなら、奥州や北陸をめぐった旅は、密命を帯びての旅だったのではないか。

事実、江戸城内の文書蔵には、この芭蕉が幕府に提出した報告書があったのだ。それには、

「仙台《せんだい》の伊達《だて》家が、かつて奥州藤原《ふじわら》氏が所有していた莫大《ばくだい》な金塊《きんかい》を隠《かく》し持っているのは、ほぼ間違いのない事実」

と、いうようなことが記されてあった。

この報告書を改めて目にした将軍吉宗が、お庭番の権蔵に、

「金塊と、芭蕉の行動について、詳しく探索することを命ず」

と、告げたのである。

しかし、その権蔵が、いまや、すっかりやる気をなくしたように見えるのは、いったいどういうことなのか。

二

——まったく、どういうつもりなんだろう？

と、権蔵の怠慢《たいまん》ぶりに業《ごう》を煮やしたのは、やはりお庭番で、くノ一のあけびだった。

あけびは、権蔵とともに、今回の密命に同行していた。

ただ、あけびは吉宗から、直接、命《めい》を受けたわけではない。命を受けたのは権蔵だけで、出発まぎわになって、権蔵がお庭番の頭領《とうりょう》である川村一甚斎《いちじんさい》に、

「あけびを同行させていただきたい」

と、願い出たのだった。

頭領から打診を受けたあけびは、当然ながら、

「それは勘弁《かんべん》してください」

と、懇願《こんがん》した。

「なぜ、断わる？　もし、この仕事をうまく成し遂《と》げたら、そなたはくノ一とし

て最高の栄誉《えいよ》を得ることになるぞ」

お頭《かしら》はそう言った。

「お頭はご存じないのです。権蔵さんと行動を共にすると、毎日、毎夜、とにかくうんざりすることだらけなんです。へとへとに疲れるんです」

「たとえば？」

と、お頭は詳細を訊《き》いた。

「言うんですか、それを？」

「聞かなければわかるまい」

「だいたいが、権蔵さんは湯に入っているときはともかく、湯から出ているときは、ただのぐうたらおやじですよ。しかも、口にするのは、愚痴《ぐち》と人の悪口、つまらないダジャレと、卑猥《ひわい》な冗談、それを毎日聞かされる身にもなってくださいよ」

「そなたにさわったりもするのか？」

「それはなんとしてもさせないように気をつけました。でも、のぞかれたことは数えきれません」

「ふうむ」

「しかも、権蔵さんは不潔なんです。身ぎれいな忍者はあまりいないかもしれませんが、権蔵さんのは度を越しています。だから、口は臭いし、身体《からだ》からも饐《す》えた臭いがしますし、食事のときは痰《たん》のからんだ咳《せき》をして、走りながら手洟《てばな》をかみます」

「なるほどなあ」

「そういうおっさんと、いっしょに旅をするまだ十九の若い娘の気持ちを察してくださいよ。お頭に、部下をかわいいと思う気持ちがあったら、とてもそれをあたしに命ずることはできないはずです」

　あけびは心の底から訴えたのである。

　だが、頭領もさすがにしたたかだった。

「あけび。そなたのいちばんの願いというのはなんだ？」

　と、お頭は訊いたのである。

「あたしのいちばんの願い……？」

　それはもちろんあるが、はたして口にしていいものかと、あけびは一瞬、ためらった。

「遠慮せずに申してみよ」

「それは……」

迷ったが言ってみることにした。

「適当な歳《とし》になったら、お庭番を引退して、裕福な町人の嫁になることです。たとえば、越後屋《えちごや》の若旦那《わかだんな》みたいな、しかもちょっと容子《ようす》のいい男をたらし込んだりして」

「なんとまあ」

お頭は、露骨《ろこつ》に顔をしかめ、それを苦笑に変えたりもしたが、

「わかった。それがかなうよう、われらも最大限の支援をしよう」

「え？」

「お庭番からきっぱり足を洗わせ、越後屋や松坂屋《まつざかや》あたりの若旦那との出会いもつくらせよう。もちろん、そこからあとは、そなたの腕次第だがな」

「ええ」

「さらに、そなたの嫌がる気持ちもよくわかった。なので、今回の隠密仕事に関

しては、そなたが権蔵の上役《うわやく》ということにしよう」

「あたしが上役なんですか」

「さらに、権蔵にはそなたに対して、身体に触れることはもちろん、のぞいたりすることも厳禁ということにしよう」

「なんと」

「加えて、つねに身をきれいに保ち、歯も磨き、愚痴も人の悪口も、手洟も禁じ、咳はどうしようもないことがあるので、できるだけ袂《たもと》で押さえるなどの気配りをするよう命じよう」

「そこまでしていただけるので」

「じつはな、上《うえ》さまは当初、そなたも同行させたかったらしいのじゃ。だが、なにせ権蔵はああいうやつだからな、若い娘であるそなたには可哀《かわい》そうだと、命じることを我慢なさったらしいのだ」

「上さまが……そこまで……」

いかに当世風の若いくノ一であっても、将軍がそこまで考えてくれたと思えば、胸は熱くなってしまう。あけびは思わず口にしてしまった。

「わかりました。お引き受けいたします」と。

しかし、旅に出て早々に、あけびは後悔《こうかい》したのだった。やっぱり、若い娘は、おっさんといっしょに仕事はできないのだと。

三

最初に向かったのは、那須温泉だった。ここに立ち寄るのは仕方がない。なにせ芭蕉もここに立ち寄って、温泉にもつかっている。

だが、権蔵はここに半月も滞在《たいざい》したのである。あけびも最初は喜んだ。前の仕事のときは、有名な温泉地をめぐりながら、ゆっくり温泉につかることは、ほとんどできなかった。その願いが、ようやくかなったのである。

那須温泉は、独特の硫黄《いおう》臭があって、あけびにはちょっと熱過ぎる感じはあるが、白濁した湯はいかにも温泉に入る楽しさを味わわせてくれた。

だが、それも四日、五日と経《た》つうちに、不安になってきた。

「ねえ、ここで、なにか探ることがあるの？」

と、あけびは訊いた。

「探ることがあるかどうかを探っている」

「なに、それ？」

「あけび。お前、上さまから調べるように命じられた芭蕉ってやつのことは知っているか？」

権蔵は、上役に対する言葉使いとは思えない口ぶりで訊いた。

「だいたいのことはね。俳諧の師匠《ししょう》で、大勢の弟子もいるんでしょ。それで、句集もいくつかあって、『おくのほそ道』とか『猿蓑《さるみの》』とかは読んだし、有名な発句《ほっく》もいくつか覚えてきたよ」

「え？　句集まで読んだのかよ。凄《すご》いな、お前」

権蔵は大げさに驚いた。

「だって、芭蕉のことも探るように、上さまから言われたんでしょ？」

「そりゃそうなんだが、おれに言わせると、芭蕉は俳諧のことは多少、知っているかもしれないが、温泉に関してはずぶの素人《しろうと》だわな」

「そりゃそうでしょうよ」

「その温泉についてはなにも知らない芭蕉が、那須温泉には二泊もしているんだ。これは謎だぞ。それでおれは、じっくり考えたいわけよ。半月ほどかけてな」

「半月？　こんなとこで半月もかけてたら、調べが終わるのに何年かかるのよ」

あけびがなじるように訊くと、権蔵はいけしゃあしゃあと、こう豪語《ごうご》したのだった。

「まあ、早くて五年かな」

「五年？　この探索に五年もかけるつもりなの？」

あけびは驚いて、権蔵に訊いた。

「そりゃそうだろうよ。守りの堅いことで知られる仙台藩の、それも最高機密と言われるものを探るのだぞ。五年くらいはゆうにかかるだろうよ。おれは、寿命が尽きる少し前くらいに、報告書を提出できたらいいなと思っているんだ」

「冗談じゃないよ、権蔵さん」

あけびは憤然《ふんぜん》となった。

「なんで？　上さまは、期限など決めなかったぞ。詳しく探れとおっしゃっただけだ。だったら、日にちはいくらかかったってかまわんだろうが」

「五年もかけたら、あたしは婚期を逃します」

「婚期？」

権蔵は目を丸くして訊いた。

「ええ、婚期です」

「へっへっへ」

権蔵は憎々しい顔で笑った。

「なにがおかしいの？」

「お前、くノ一のくせに、嫁に行こうなんて思ってるわけ？」

「思って悪いんですか？」

「悪いというより、無理だろうが」

権蔵は、お天道さまは東から昇ると教えるような調子で言った。

「なんで無理なの？」

あけびは、少し怯《おび》えの入った声で訊いた。じっさい、仲間のくノ一で、お嫁に行ったという話を聞いたことがないのである。

「何々ちゃんが、どこどこに潜入《せんにゅう》した」

という話はよく聞く。だが、もどってお嫁に行ったとかいう話は、まったく聞かない。ただ、

「何々ちゃんが、潜入先で嫁になった」

というのもよく聞く。これは、潜入先で、偽装《ぎそう》の嫁入りをしたということで、あけびはこういうのは本当の嫁入りとは思わない。

探るのに重要な男の元に嫁に入るわけだから、家柄だの身分だの、あるいは石《こく》高《だか》の多さだのについては、恵まれていることが多い。下級武士の嫁になっても、ろくな秘密は探れないのだ。

「何々ちゃんが某藩の家老の息子の嫁になったって。いいわねえ」

と、羨《うらや》ましがる仲間もいる。だが、あけびはこういうのも嫌である。しょせん、偽装婚は哀れな末路《まつろ》としか思えない。

「なんで無理かだって?」

権蔵は呆《あき》れたように訊き返し、

「くノ一は、しょせん道具だからだろうが。それも使い捨てのな」

と、笑《え》みを浮かべながら言った。

「……」

それは当たっている。だが、それを言えば、田力《たぢから》（男の忍者のこと）だって、道具に過ぎない。

そのことは言わずに、あけびは、

「でも、一甚斎さまは約束したわ」

と、言った。

「なにを？」

「適当な歳になったら、くノ一から足を洗わせてやるって。それで、越後屋みたいな大店《おおだな》の若旦那との出会いも仕組んでやるって。若旦那をたらし込めるかは、あたしの腕次第だけど、そんなのはたやすいことだからね」

あけびは勝ち誇ったように言った。

「ふっふっふ。お前、そんな話、信じてるのか？」

「え？」

「嘘《うそ》に決まってんだろうが」

「嘘だって?」

「お前が、この仕事に成功したとするよな。そのときは、仙台藩のきわめて重要な秘密を握《にぎ》ったたってことになるんだぞ」

「金塊があったときはね」

「ないというときでも、仙台藩にどれくらいの隠し金があるかがわかるだろうが」

「そりゃそうね」

「そんな秘密を握ったくノ一を、外の世界に出すと思うか?」

「あたしはしゃべらないもの」

それは嘘ではない。他言しないと決めたことは、たとえ殺されても他言しない。

「そんな約束は、誰も信じない。そもそも、忍者に約束というのはない」

今度は権蔵のほうが、勝ち誇ったように言った。

「……」

あけびは俯《うつむ》いてしまった。

権蔵はそのようすに、いささか憐《あわ》れみを覚えた。

――言い過ぎたかな。

とも思った。だが、本当のことなのである。

ところが、あけびはふいに顔を上げ、

「おい、権蔵」

と、ドスを利《き》かせた声で言った。

「な、なんだよ」

権蔵はたじろいだ。あけびがこんな声を出し、こんな目で自分を睨《にら》むとは予想できなかった。

「あんた、あたしと立場はどっちが上だと思ってるの？」

「立場？」

「どっちが上役なの？」

「……」

権蔵は出発前に、頭領の川村一甚斎から言い聞かされたことを思い出した。

「今度の仕事に関しては、あけびをそなたの上役とする。したがって、あけびの命令にそむくことはならない」

権蔵はそれを承諾《しょうだく》した。どうせそんなものはかたちだけのことで、じっさいの仕事になったときは、自分の経験と技量に頼らざるを得ないことはわかりきっている——と、思ったからである。

「答えて。上役はどっちなの？」

あけびはもう一度訊いた。

「上役はお前だが」

「お前じゃないだろ？」

「あんただわな」

権蔵は不貞腐《ふてくさ》れて言った。

「だったら、権蔵に命ずる。あたしはこの仕事が終わったら、くノ一からは足を洗う。そのことについて、二度とごちゃごちゃぬかすな」

「……」

「わかったの？」

「ああ」

「それと、あんた、まだ息がものすごく臭いよ。そのわけは、湯につかりながら、酒を飲んでるから。飲み過ぎているから」

「おい、まさか……」

湯で酒を飲むなというのだろうか。それは、今度の仕事の醍醐《だいごみ》味なのである。

「飲むなとは言わない。でも、二日酔いになるほど飲むな。そして、とくに酒を飲んだ翌朝は、塩で口をきれいに洗うこと。わかった？」

「そうするよ」

権蔵はあけびの勢いに負け、渋々うなずいたのだった。

これはまだ、那須温泉にいたときのこと。

では、その後、権蔵の態度はずいぶんあらたまったのだろうか。とんでもない。むしろ、もっとひどくなっていた。

四

権蔵がいまいるのは、陸奥国《むつのくに》にある飯坂《いいざか》温泉である。

飯坂温泉の歴史は古く、日本 武 尊《やまとたけるのみこと》が東夷征伐《とういせいばつ》の際、この湯で病《やまい》を治したという伝説もある。

ここを芭蕉も訪れたが、ただし当時は満足に宿もなく、芭蕉の泊まったところも快適とは言えず、あまりいいようには書き残していない。

それから四十年――。

飯坂は伊達領の入り口でもあり、宿などもずいぶん充実してきていた。

権蔵がいまいる宿の湯舟も、湯の底には平たい石が敷かれ、周囲はヒノキの板が使われ、湯舟の縁もごろ寝ができるくらい、広くつくられている。

これだと、熱い湯であっても、休み休み入って、存分に身体を温めることができるのだ。江戸の湯屋《ゆうや》での過ごし方とも似ている。

「さて、もういっぺんつかるか」

さっきは滝のようだった汗も引き、風がやや冷たく感じられてきたので、権蔵はふたたび湯舟につかり、ゆっくり手足を伸ばした。

いまは三月初旬（旧暦）。すでに農民たちの湯治の季節も終わり、農繁期へと入っている。客の数はそう多くない。

しかも昼どきとあって、湯舟にいるのは権蔵ただ一人である。

〽ええ、いい湯じゃのう
　あらまあ、いい女

適当な鼻唄《はなうた》が出てしまう。

同行しているくノ一のあけびは、やたらと仕事をするようにせっつくけれど、あいつは上さまの気持ちというのをまるでわかっていない。

前回の仕事で、おれらは上さまの未曽有《みぞう》の危機を救ったのである。

おれらがいなければ、いまごろ八代将軍吉宗はあの世の人となり、九代将軍徳川天一坊《てんいちぼう》の世となっていたのである。

その手柄《てがら》があったから、上さまはこの権蔵に、ほとんど休暇のような、無期限と言える仕事を与えてくださったのだ。

「権蔵。そなたはよくやった。だから、もう心ゆくまで休め」

上さまは、本当はそう言いたかったのだ。それをあの、小生意気なくノ一が……。

権蔵はつい、口に出して言った。

「お前、一人で働けっつうの」

「なんですって？」

湯気の向こうで声がした。

「げっ。あけびか」

湯舟は、たいがいの田舎《いなか》の湯がそうであるように、ここも男女混浴である。ただ、一部だけは葦簀《よしず》が立ててあって、おおまかな区分けはなされている。

あけびの声は、その葦簀の陰《かげ》から聞こえた。いったい、いつのまに来ていたのか。

「いま、なんて言った？」

「なんでもない。近ごろ、昔のつらかったことを思い出しては、あのころの仲間をののしってみたりするんだ。耳も遠くなっているみたいだし、おれはもう駄目《だめ》かもしれねえ」

愚痴ってごまかした。権蔵の得意技である。

「ねえ、権蔵さん」

　あけびの口調は、那須温泉で激怒したときよりは、ずいぶんやさしくなっている。

「なんだよ」

　と、権蔵もいままでのふてぶてしい態度にもどっており、偉そうに訊き返した。

「ここは芭蕉も一泊しかしてないよ。つまりは、たいして調べることもないんじゃないの？」

「甘いな。この先はまもなく伊達領になる。いや、この飯坂の地は、かつては伊達領だったし、いまも伊達家に親しみを持つ住人は大勢いるんだ。伊達を探るには、まず飯坂から調べよというのは、若いころからずいぶん言われたものだった」

　と、権蔵は言ったが、もちろんそんなことはでたらめである。なんとかこの温泉で、あと十日ほどはゆっくりしたい。

「だから、お前も、油断するなよ」

「わかった。じゃあね」

あけびは存外、素直に湯から出て行った。

「あちっ、あちちちっ」

ふたたび湯から出て、縁でぐったりする。

それからほどなくして、

「まったく、いまごろ生まれる馬っこは難産で大変だべ」

「んだ、んだ」

ここらの馬喰《ばくろう》らしき男たちが三人、のそのそ湯に入ってきた。見た目はいかにも、田舎の馬喰だが、目の輝きが違う。只者《ただもの》ではない。

権蔵はそれに気づかないのだから、やはり相当ぼけてしまっているのか……。

第二章　湯屋《ゆうや》の仲間たち

一

ここは江戸城本丸《ほんまる》――。

広大な本丸だが、大きく、表《おもて》、中奥《なかおく》、大奥と分かれている。中奥というのは将軍の私邸とも言えるところである。ふだんはここで、食事をしたり、休息したりして過ごす。

その奥にある大奥となると、そこは男子禁制の場になっていて、自由に出入りできる男は将軍だけ。なかには見目麗《みめうるわ》しき女たちが大勢いるらしいのだが、女たちは外に出ることがほとんどないので、秘密の暗幕に閉ざされている。

ただ、目を血走らせて妄想《もうそう》を逞《たくま》しくするほどのことはなく、せいぜい贅沢《ぜいたく》な女子寮ほどのものだという声もある。なにせ、一生奉公が原則だったから、庶民などには知りようがない場所である。

将軍が仕事をこなすのが、表と呼ばれる一画である。ここには重臣たちや、江戸に来ている大名たちも入ることができる。

いま、その表にある御座《ござ》の間に、どっかと座った身の丈《たけ》六尺（約一・八メートル）を超す偉丈夫《いじょうぶ》こそ、八代将軍徳川吉宗《よしむね》だった。

吉宗は、ずらりと横に並んだ老中《ろうじゆう》たち四人の、滑舌《かつぜつ》がよくないうえに、咳払《せきばら》いだらけの近況報告を、眉間《みけん》に皺《しわ》を寄せ、真剣な面持《おもも》ちで聞いていた。

目の前には、あらかじめ出すようにと言っておいた文書一枚が置いてある。先月、全国にある徳川家の領地で起きたさまざまな問題ごとが、手短に書きつづってある。

これに目を通せば、だいたいのことはわかるのである。それでも老中たちは、自分の口で同じことを説明しないと気が済まないものらしい。

「……というわけでございます」

ようやく長い報告が終わった。

「あいわかった。対策については、三日後のこの席において指図《さしず》いたす。本日はこれまで」

吉宗はきっぱりと言った。

「ははっ」

一同は深々と礼をし、御座の間から出て行った。

ところが、それからしばらくして、出て行ったばかりの、四人のうち二人の老中が、

「上《うえ》さま。お疲れさまでした」

そう言いながらもどって来た。〈ほめ殺しの水野《みずの》〉こと水野忠之《ただゆき》と、〈おとぼけ安藤《あんどう》〉こと安藤信友《のぶとも》の二人である。

この二人、吉宗のお気に入りだった。

徳川吉宗は、いまや名君の誉《ほま》れも高いが、家臣については当然、好き嫌いがある。将軍たるもの、家臣の好き嫌いなどあってはいけない——と思う向きもあろうが、そこは人間だから致し方ない。

吉宗が好きなのは、隙《すき》のある人間である。

それは将軍の立場で人を使うなら、怜悧《れいり》で、知識豊富で、沈着冷静《ちんちゃくれいせい》で、なにごとにも粗漏《そろう》のない完成形に近い人間がいいに決まっている。一を言えば、十の案が返って来るようであればなおいい。

そういう人材も、大勢とは言わぬが、いるにはいる。もちろん、しっかりした仕事をしてくれているし、重要な仕事も与えている。

だが、そんな人間が好きか？ と問われると、素直に肯定《こうてい》することはできない。

いつもそばにいて、なんでも気軽に相談ができ、こっちの地《じ》も本音《ほんね》も明かすことができる人間は、どこか隙のある人間なのである。もっとわかりやすく言うと、まぬけでお人好しの人間。

将軍という立場、職務は、きわめて重いもので、真面目《まじめ》にやればやるほど、日々、疲労困憊《こんぱい》する。だからこそ、そばには隙のある、といって隙だらけでは駄《だ》目《め》で、ほどよくまぬけでお人好しの人間を置いておきたいのだ。

ほめ殺しの水野。

おとぼけ安藤。

じつは、もう一人、〈ケチの稲生《いのう》〉こと、勘定奉行《かんじょうぶぎょう》の稲生正武《まさたけ》という者がいるのだが、この三人こそ、吉宗が好む、隙があって、ほどよくまぬけでお人好しのお側衆《そばしゅう》なのだった。

その水野と安藤がもどって来ると、吉宗はこれ見よがしに、ため息をつき、肩をぐるぐる回した。

「お疲れでございますか？　肩が凝《こ》りましたか？」

水野が訊《き》いた。

「うむ」

「上さま。お気持ちはわかります。この十日ほど、あそこに行けませんでしたからな」

「そういうことだ」

吉宗は大きくうなずいた。

水野は安藤を見た。安藤は、にやりと笑い、

「今日はそのつもりで、ちゃんとあそこに行く支度《したく》を整えてありますぞ」

と、言った。

「そうか。でかした」

吉宗は二人の気働きに大いに満足した。それにしても、あそことは、いったい……?

二

去年の夏、吉宗の身辺にはさまざまなできごとがあった。ただでさえ、肩凝りのひどかった吉宗だったが、それをわずかに解消してくれていた熱海《あたみ》の湯が江戸城に届かなくなったりして、尋常《じんじょう》ではない凝りに悩まされた。

その悩みを解消したのが、なんと江戸の町の湯屋《ゆうや》——すなわち、あそこだった。庶民の入る湯屋に、将軍がじきじきに出かけて行ったのである。

もちろん、身分は偽っている。名は、青井新之助《あおいしんのすけ》と名乗った。新之助は若いときの名で、青井は葵《あおい》の紋からつけた。

また、万が一に備えて、警護《けいご》の武士や忍者も、さりげなく配置した。そこで、なにも知らぬ町人たちといっしょに、湯舟につかったのである。これがなによりも、身体《からだ》の凝りといっしょに心の鬱屈《うっくつ》も解消してくれたのだった。

諸問題が解決し、熱海の湯はふたたび江戸城へと届けられるようになっているが、いったん知ってしまった巷《ちまた》の湯の心地《ここち》よさは忘れられない。五、六日も経《た》つと、

「次はいつだ？　次はいつ行ける？」

と、お側衆に催促《さいそく》するようになっていた。

巷の湯屋がなぜ、それほど気持ちがいいのか？

湯舟は格別広いというほどではない。お城の風呂よりはいくらか広いが、お城では吉宗が一人だけで入るのである。湯屋のほうは、何人もの客といっしょに入るうえに、長屋住まいのお乳の垂れた婆さんがいっしょだったり、いまさっき煤《すす》払《はら》いをしてきたあんちゃんが飛び込んで来たりする。それでも内密に来ているのだから、

「無礼者、入るでない」

とは言えないのである。

入れば入ったで、下手《へた》な唄《うた》を耳元でがなりたてるのもいれば、臭い泡《あわ》を尻から

ぶくぶくと出してしまうやつもいる。湯だって、お城のさら湯に比べたら、どぶにつかるようなものである。

それでも、ここにはお城の湯ではぜったいに味わえないものがあるのだ。

それは、気安さ、飾りのなさ、遠慮のなさ。言いたいことを言って、笑いたいだけ笑い、泣きたいだけ泣く。江戸の湯屋はそういう場所だった。

そして、ここでは老中の報告からは露《つゆ》ほども窺《うかが》えない、偽りない人の暮らしがあった。しかも不思議なことに、将軍にとってもここは安らぎの場になるのだった。

「さあ、あそこに参るぞ」

今日はその湯屋に行けるというので、吉宗はそそくさと動き出した。

まずは、城に出入りする重臣や大名ふうの恰好《かっこう》になる。これで水野や安藤らとともに、なに食わぬ顔で大手門《おおてもん》を出る。

ここから、当時は常盤橋御門《ときわばしごもん》内にあった北町奉行所にいったん入り、ここで再度、隠居《いんきょ》した旗本ふうの姿になる。着流しの一本差しだが、それなりの風格は保っ。

「上さま、いや大殿《おおとの》」

水野は慌《あわ》てて言い換えた。水野も安藤も、旗本の用人《ようにん》のふりをするから、「大殿」と呼ばなければいけない。

「なんだ？」

吉宗は、とくに言葉使いなどに気をつけることはない。

「湯上がりは冷えますので、羽織《はおり》をお召しになったほうがよろしいかと」

いまは三月（旧暦）上旬だが、朝から底冷えがしている。

「わかった」

吉宗は素直に羽織を着て、北町奉行所を出た。付き従うのは水野に安藤、そして下男《げなん》に扮《ふん》した剣の達人である小姓《こしょう》の三人である。

もっとも、道の方々に変装した警護のお庭番や、隠密廻同心《おんみつまわりどうしん》がいるので、供は少なくても大丈夫《だいじょうぶ》なのだ。

常盤橋を渡って、すぐ右に曲がる。一町《ちょう》（約百九メートル）ほど歩いて、一石《いっこく》橋の手前にあるのが、目当ての〈富士乃湯《ふじのゆ》〉だった。

江戸の湯屋は、朝が早い。ほとんど夜明けとともに開き、一番風呂を好む江戸っ子たちで、大いに賑《にぎ》わう。もう一度賑わうのは、職人たちが仕事を終えてくる夕方である。

だが、いまは昼の四つ（午前十時）。湯屋がいちばん空《す》いている刻限である。この刻限こそ、吉宗には最適なのだ。

のれんをサッと分け、なかに入って、番台に湯銭《ゆせん》をじゃらじゃらと置いた。一人六文《もん》（約百二十円）を四人分。

「これは青井さま。お久しぶりで」

番台のあるじはなんの疑いもなく、笑顔で吉宗を迎え入れた。もちろん、青井新之助の正体などは知らない。

吉宗は脱衣場に立った。

なかは空いている。が、ここにも警護の者がさりげなく入っている。

吉宗は慣れた動きで、着物を脱ぎ、風呂ふどしと呼ばれるふんどしを締めた。お城で入るときは、こんなこともすべて、お付きの者がしてくれる。吉宗はただ、突っ立っているだけである。

巷の湯屋の湯舟には素《す》っ裸《ぱだか》で入ってもかまわないが、男は風呂ふどし、女は湯《ゆ》文字《もじ》と呼ばれる木綿《もめん》の腰巻をつけて入ることが多い。

「水野、大丈夫か?」

吉宗は水野忠之に訊いた。

「ええ、大丈夫ですとも」

水野は吉宗がここに来だした当初、いっしょに湯に入ろうとすると、かならず洗い場で転び、頭を打ったり、鼻血を出したりした。それで、しばらくはいっしょに入るのを諦《あきら》めたりしていたのだが、このところはどうにか転ばなくなった。

それでも、どこか危なっかしい。

吉宗は、脱衣場から洗い場に入った。

天窓から光が差し込んでいるが、ざくろ口の向こうから洩《も》れてくる湯気《ゆげ》で、洗い場全体は霧《きり》に包まれたようになっている。

霧に差し込む数条の光の帯。漂《ただよ》う湯の匂い。これも、吉宗にとっては、心なごむ光景である。

脱衣場こそ男女別になっているが、この洗い場からは混浴となる。いわゆる入《いり》込湯《ごみゆ》と呼ばれるものである。混浴はしばしば禁じられるが、この当時はそれほどうるさくはない。

ただ、脱衣場が別だと、洗い場のほうも自然に男女は分かれ、富士乃湯だと、奥に向かって右が女、左が男と棲《す》み分けがなされている。

洗い場にはいま、二人しかいない。うち一人は、警護の隠密である。

正面奥に湯舟があるが、その手前にざくろ口というものがある。上半分を板戸でしきったもので、湯が冷めるのを防ぐ効果がある。たいがい、ここに絵など描かれ、のちの銭湯絵の原型ともなった。富士乃湯の絵は、もちろん富士山である。

身体をかがめて、このざくろ口をくぐり、湯舟のあるなかへ入る。なかはかなり暗い。

先客が三人いた。薄《うす》ぼんやりした姿を見るに、どうやら男二人に女が一人。

その先客たちがいっせいに声を上げた。

「青井さま。お待ちしておりました！」

「おう、わしもそなたたちに会いたかったぞ」

と、吉宗も応じた。

この富士乃湯に来るのがなによりの楽しみとなっているのは、ここで親しくなった町人たちとの触れ合いのおかげでもあるのだ。歳《とし》は吉宗よりずいぶん下だが、吉宗の気持ちは若返り、ほとんど同じ目の位置で話をしているような気もする。

「さあさあ、まずは湯につかって、お疲れを取ってくださいよ」

「じゃあ、そうさせてもらうか」

吉宗は縁《ふち》をまたぎ、湯舟にゆっくりと巨体を沈めていく。今日の湯も熱い。これは我慢比べではないのかと思えるくらいである。

吉宗が知っているのは、この富士乃湯だけだが、江戸の湯屋はだいたいどこも熱いらしい。

「江戸っ子の熱湯《あつゆ》好き」

それはなかば自慢にもなっているようだ。

吉宗は全身に力を入れ、その熱さに耐えるが、やがてその力がふうっと抜けていく。そのとき、湯の熱さに肌がなじんだことを感じるのである。

「ううむ、今日もいい湯じゃのう」

吉宗はしみじみと言った。

「これがですか」

縁の手前で今日も尻込みしているのは、水野である。なんとか転ばずに湯舟まで来ることはできるようになったが、まだこの熱さを乗り越えることはできずにいる。

安藤も同様で、手ぬぐいを湯にひたし、肩のあたりをこするくらいが精一杯で、結局、二人ともすごすご洗い場にもどって行った。

いま、湯舟にいるのは吉宗と、顔なじみの三人の町人だけである。

「お疲れですか？」

と訊いたのは、火消しの丈次《じょうじ》である。

見るからに、威勢《いせい》と気風《きっぷ》のいい江戸っ子だが、じつは吉宗と同じく紀州《きしゅう》の生まれである。十七の歳に江戸に出て来て、以来十一年。紆余《うよ》曲折《きょくせつ》あって火消しになったが、いまではすっかり江戸の暮らしになじみ、〈い組〉の纏《まとい》持ちをしている。火事場に出ようものなら、娘たちが下できゃあきゃあ騒ぎ出すほどの人気者でもある。

また、吉宗がこの富士乃湯に来るようになったのは、丈次が〝世情見学のため、将軍さまも江戸の湯屋に入ってみてはどうでしょう〟と、目安箱《めやすばこ》に投書したのがきっかけだった。

「身体はそう疲れてはいないが、気持ちのほうがちとな」

と、吉宗は言った。

「そりゃあそうですよ。なにせ天下の……」

やはり火消しで、丈次を兄貴と慕《した》う三太《さんた》が、そう言いかけると、皆はじろりと目を向けた。お前、なにを言い出すのだ、という目である。

「え？　あ！　そりゃあ天下の下支えであるお旗本の青井さまですからねえ」

三太はどうにか言いつくろった。

湯舟にいるのは四人だけ。ほかに誰も聞いてはいないが、こういうことはつねづね気をつけていなければならないのだ。

もしも青井新之助の正体がばれることがあるとしたら、この三太からだろうとは、皆が心配するところである。

「お疲れの青井さまに、なにか心が安らぐような唄でも聞かせてあげたいわねえ」

湯舟の隅《すみ》でそう言ったのは、日本橋屈指《にほんばしくっし》の売れっ妓《こ》芸者である桃子姐《ももこねえ》さんだった。

じつは、この桃子は吉宗の娘なのである。吉宗がまだ紀州にいた当時、恋をした女とのあいだにできた娘で、不思議なめぐり合わせによって、この富士乃湯で親子の対面を果たしたのだった。

その事実が明らかになると、当然ながら老中の水野や安藤は、

「お城に来ていただかなければ」

「芸者などさせておくわけには」

と、周章狼狽《しゅうしょうろうばい》した。

だが、桃子は、

「あたしは日本橋芸者の桃子です。お姫さまなんざ似合わないし、窮屈《きゅうくつ》な暮らしはご免《めん》です」

きっぱり拒絶したのだった。

吉宗も内心、桃子の俠気《きようき》に、まぎれもない自分の血を感じ、嬉《うれ》しく思ったほどだった。

「おお、ぜひ、なにか聞かせてくれ」

と、吉宗は言った。

「わかりました。では、ちょっと流行《はや》り始めの端唄《はうた》をひと節」

〽春はうれしや　二人並んで花見の酒
桜の向こうに　おぼろ月
それを邪魔する　雨と風
チョイト　咲かせてまた散らす

濛々《もうもう》とたちこめた湯気のなかを、澄んだ唄声が甘くとろとろと響き渡った。

桃子姐さんの唄に、男たちはうっとりと聞き惚《ほ》れた。湯のなかで聞く、日本橋屈指の売れっ妓芸者の唄。こんな贅沢《ぜいたく》があるだろうか。

三番まで唄い終えて、

「お粗末さま」

と、桃子は言った。

「いやあ、素晴らしかった」

吉宗も、わが娘の唄を絶賛した。

「ありがとうございます。ほんとはお座敷で聞いてもらえたらいいんですがね」

「ま、いずれ機会があればな」

将軍職を譲ったあとは、そんな機会もつくれるかもしれない。

三

「それにしても、熱いのう」

「熱いんですよ」

皆、さすがにのぼせてきた。

だが、上がって洗い場に行くことはせず、男たちは湯舟の縁に腰をかけ、桃子姐さんだけは湯舟から出て、湯舟の横の、壁とのあいだにある隙間のところにしゃがみ込んだ。

仲間同士で、気兼ねのない裸の語らいを、もう少しつづけたいのだ。

「どうじゃ、そなたたちの暮らしは？　なにか困っているようなことはないか？」

と、吉宗は訊いた。

「おかげさまで、町火消しの制度が整ったせいもあるのでしょうが、火事はずいぶん減ってますでしょう。あっしなんざ、今年はまだいっぺんしか火事場の出番はありませんでした。もちろん、火の用心の見回りはまめにやっていますがね」

と、丈次が言った。

「ほう、そうか」

「いや、いいことなんですが、正直言うと、ちっと物足りねえ気分もありましてね」

三太が頭を掻《か》きながら言った。

「物足りないか。桃子はどうだ？」

「ええ。あたしのほうもおかげさまで、商売繁盛《はんじょう》です。これも景気がよくなってきた証《あかし》でしょう。それなのに、なんか面白《おもしろ》いことはないかしらと思ってしまうんですよ。贅沢な話なんですがね」

「面白いことか。うむ、あるぞ」

「なんです？」

三人は興味津々《しんしん》で吉宗を見た。

吉宗はひと呼吸置いて、重々しい口調で言った。

「じつはな、象が江戸にやって来る」

「象？　象ってなんです？」

三太が訊いた。

「そうか。象を知らない者もいるのか」

吉宗は、呆《あき》れるより、なるほどと納得した。

「あっしは、名前だけは聞いたことがあります。麒麟《きりん》だの、竜なんかの仲間ですよね」

丈次がそう言うと、

「あたし、知ってますよ。その噂《うわさ》、お座敷で聞きました。いま、長崎に来てるって」

桃子姐さんが言った。

「ほう、さすがに早いな」

越後屋《えちごや》のような大店《おおだな》などは、長崎にも出店《でみせ》を持っていたりするし、西洋や清国《しんこく》からの渡来品を扱う商人も、長崎と江戸を往復したりしている。そのあたりから、噂が出回るのは止めようもない。

「なんでも、家よりも大きな生きものなんですってね？」

「家にもよるだろうが、まあ、見たことがない大きさだろうな」

「牛や馬の倍くらいですか？」

「倍？　十倍はあるだろうな」

「クジラよりも大きいんですか？」

大きな生きものと言ったら、江戸っ子が想像できるのはクジラあたりだろう。

「いや、クジラほどは大きくない。だが、象は海ではなく、陸の生きものだからな」

「麒麟や竜といっしょで、伝説の生きものだけど、本当にはいないのだと思ってました」

「いや、麒麟も竜も本当にいるのさ。じっさい、わが国でも骨が見つかっているのだぞ」

「そうなんですか！」

　桃子は目を丸くした。

「それで、その化け物みたいなやつは、どうやって来たんです。まさか、クジラみたいに泳いで来たんですか？」

　丈次が訊いた。

「泳いでは来ないさ。船に乗ってやって来た」

「なんでまた？　呼びもしないのに、勝手にやって来たんですか？」

「そうではない。わしが呼んだのだ」

「青井さまが？　なんで、また？」

「なんでだろうな？」

　と、吉宗は笑った。

　じつは、自分の気持ちにもよくわからないところがある。

——本当に、自分はなぜ、象などをこの国に入れようとしたのだろう？

吉宗は首をひねった。

もともと、西洋の文物《ぶんぶつ》には興味があり、生きものも、西洋の馬や犬などを輸入したりしていた。

だが、象というのは別格なのである。なにせ巨体であるから、船に乗せたり降ろしたりすることだけでも容易《ようい》ではない。それを扱える人間も多くないし、飼育《しいく》の難しさもある。馬や犬を輸入するのとは、比べものにならない。

現に、出島《でじま》のオランダ商館には、象を持って来ることはできないかと、何度か打診をしていたが、

「とても不可能です」

と、断わられていたのである。

それが昨年、幸運もあって、広南《カンナン》（ベトナム南部）の象を清国の船が運んで来たのだった。

「来たか。では、江戸へ連れて参れ」

吉宗がそう言うと、幕閣《ばつかく》たちは大騒ぎになった。そんな怪獣《かいじゅう》のような生きも

のを、江戸に入れて大丈夫なのか？　しかも、それを飼育し、生かしつづけることなどできるのか？

幕閣は日々、会議を催《もよお》し、さまざまな事態と方法を検討した。そして、総責任者には、勘定奉行の稲生正武が就《つ》くことを決定したのだった。

——もしも、この目で象を見ることができたら、わしがなぜ、これほど象に憧《あこが》れたのかがわかるかもしれない。

と、吉宗は思っている。

「ま、象を呼んだ理由はともかく、わが国に象が来るのは初めてではないぞ」

と、吉宗は言った。

「そうなんですか？」

三人は驚いた。

「昔の記録でわからぬことも多いが、少なくとも五度、象はわが国に来ている。直近では、慶長《けいちょう》七年（一六〇二）に、権現《ごんげん》さまがご存命のころ、交趾《コーチ》（ベトナム北部）から象が一頭、やって来た」

「その象は、江戸にも来たんですか？」

目を丸くしながら桃子が訊いた。

「いや、江戸には来なかった。というより、来られなかった。手前で死んでしまったのでな」

「病《やまい》で？」

「病ではない。じつは、この件は極秘事項なのだが、その象は、暗殺されてしまった」

吉宗は声を低めて、そう言ったのだった。

第三章　象は走る

一

「まったく何度見ても、化け物にしか見えぬな」

と言ったのは、幕府の勘定奉行《かんじょうぶぎょう》、稲生正武《いのうまさたけ》である。吉宗《よしむね》のお気に入りの一人で、老中《ろうじゅう》の水野忠之《みずのただゆき》や安藤信友《あんどうのぶとも》と同様に、どこか隙《すき》があって、人の好《よ》さが窺《うかが》える。綽名《あだな》は〈ケチの稲生〉。吉宗も倹約《けんやく》が好きだが、稲生のそれは度を越している。

その稲生はいま、江戸から遠く離れた長崎に来ている。

稲生の目の前にいるのは、小屋に入った牡《おす》の象である。

「まったくだ。こんなもの、断われなかったのかと思ってしまうぞ。正直なところ」

と応じたのは、長崎奉行の三宅周防守《みやけすおうのかみ》である。

長崎奉行は二人制になっていて、一年ごとに交代する。もう一人の渡辺出雲守《わたなべいずものかみ》とは、交代したばかりだった。

長崎奉行という職務は、外交官としての役目もあれば、国防の矢面《やおもて》にも立つ重要なもので、その地位は幕府の中枢《ちゆうすう》にいる勘定奉行とも互角と言っていいほどである。

「上《うえ》さまのたっての希望だったからな」

「そこを経費の面から説得するのが、おぬしの役目ではないのか。わしはてっきり、おぬしが止めてくれると期待していたのだぞ」

三宅は、無口な渡辺出雲守とは正反対で、人好きのするおしゃべりな性格である。そのせいか、オランダ人や清国《しんこく》人にも慕《した》われているらしい。

「それを言われると、わしもつらいのよ」

稲生はがっくり首を垂れた。

この象が突如《とつじよ》、長崎にやって来たのは、昨年の六月のことである。

長崎奉行所では慌《あわ》てふためき、

「とんでもないものを持ち込むな」

と、運んで来た清国の商人、鄭大威《ていたいい》を叱りつけたりした。ところが鄭は、

「将軍さまへの献上品《けんじょうひん》あるよ」

と言うではないか。

「そういえば以前……」

と、奉行所の役人は思い出した。上さまが、象というものをご覧になりたがっているという話を、清国やオランダの商人としたことがあり、ダンゴァイ（ベトナム北部）の呉子明《ごしめい》という商人が、

「なんとか試みてみるある」

と約束していた。ところが、運んで来たのは、まるで別人の鄭大威という商人だった。

「約束したのは呉子明だぞ。呉はどうした？」

奉行所の役人が訊《き》いたが、

「呉という者は知らないある。わたしは将軍さまの望みをかなえるため、遠路、

この大きな生きものを運んで来たある。将軍さまは大喜びするある」

と、鄭大威は言い張った。

とりあえず、江戸に急使を差し向け、幕府の判断を仰ぐことになった。

報《しら》せを受けた幕閣《ばっかく》たちは、仰天《ぎょうてん》したあげく、連日、会議を催《もよお》した。

「象といえば、麒麟《きりん》や竜のような怪獣《かいじゅう》ですぞ」

「暴れるのか？」

「暴れたら、江戸の町は破壊されてしまうかもしれませんな」

「いやいや、物の本によれば、おとなしい生きもので、飼い慣らせばいろいろ役立つことも多いとありましたぞ」

「だが、巨体なのだろう？」

「長崎に入ったのは仔象《こぞう》ですが、成長した暁《あかつき》には、牛の十倍ほどの大きさになるらしいですな」

「であれば、凄《すご》い餌《えさ》を食うのであろう」

「人間の二十日分ほどの食糧《しょくりょう》を一日でペロリとか」

「家来を二十人雇《やと》うようなものか」

「それだけでなく、象を動かすには象使いという者もいなければならず、専門の世話役も必要になります。それが三、四名」

「それくらいなら、なんとかなるだろう」

「とんでもない。それはおとなしく小屋に入ってからの話ですぞ。もしも象を江戸に運んで行くとなると、万が一に備え、相当な人員の付き添いも必要となりましょう。となれば、費用は莫大《ばくだい》なものとなりますな」

この、費用が莫大ということに、激しく反応したのが勘定奉行の稲生正武だった。

「上さま。象を長崎から江戸まで運び、さらに飼いつづけるとなると、莫大な費用がかかります。なにとぞ諦《あきら》めていただけませんか」

稲生は吉宗に懇願《こんがん》した。逆に、稲生だからこそ、吉宗に直言《ちょくげん》できた。

だが、吉宗はこう言った。

「ならば、稲生。そなたが象の運搬に当たれ。そなたならきっと、最小限のかかりで、象を江戸まで連れて来られるはずじゃ」

かくして稲生が、このたびの総責任者とあいなったのだった。

総責任者となった稲生は、江戸と長崎のあいだを往復して、万事を調整しなければならない。

今回は三度目の長崎入りだった。

じつは、去年の六月に鄭大威が持って来たのは、牡と牝《めす》の二頭の仔象だった。吉宗の希望も、牡牝のつがいだった。

それが、長崎に来て三月目《みつき》の九月に、突如、牝象が元気をなくし、数日後には死んでしまったのである。

去年の長崎奉行だった渡辺出雲守は、衝撃《しょうげき》のあまり、

「腹を切る」

と、言い出し、大騒ぎになった。ちょうど長崎に来ていた稲生があいだに入って東奔西走《とうほんせいそう》し、ようやく渡辺に責任はあらずとなったのである。

二

「しかし、見るたびに大きくなっているのう」

稲生は、象を見ながら言った。

最初に見たときは、目方《めかた》はともかく、背はまだ稲生よりも低かったのである。それが二度目に見たときは同じくらいになり、そして今度来てみると、稲生を追い越している。

「これが完全な大人《おとな》になった日には、下手《へた》したら家の屋根より高くなるというからな」

と、三宅が言った。

「これが二頭だったと思うと、ゾッとするな」

「おぬし、死んでくれてよかったと思っているんじゃないのか?」

「馬鹿《ばか》言え」

と、稲生は言ったが、じつはホッとしたところもあった。餌代やかかる費用が半分になったのだ。

「上さまは、もう一度、牝の象を連れて来るようにとおっしゃっていなかったか?」

「それはまだだ。だいたい、向こうだって象を見つけるのはそうかんたんではないのだろう」

「いや、そんなことはない。広南《カンナン》や交趾《コーチ》に行くと、町中を犬みたいにうろうろしているらしいぞ」

「犬みたいに？　だが、あんな大食いの生きものがうろうろしていたら、人の食いものがなくなってしまわないのか？」

「それが南国というのは、道端《みちばた》に食いものなどいくらでも生えているのだそうだ。だから、人はもちろん、象もそれらを食い放題なんだと」

「……」

ケチの稲生からしたら、羨《うらや》ましい話ではないか。

「あのう」

稲生たちの後ろで、遠慮がちな声がした。

振り向くと、二人の若い男がいた。

「おう、宇助《うすけ》に吉兵衛《きちべえ》か」

三宅が言った。

二人は、象の世話役である。もともとは長崎奉行所の馬の飼育係だったが、真《ま》面目《じめ》によく世話をするというので、象の世話役に抜擢《ばってき》された。

宇助は小柄で丸い目が象に似ている。吉兵衛のほうは痩《や》せ気味《ぎみ》で、顔も馬のように長い。どちらかというと、象は宇助のほうになついているという。

「お奉行さま。象を外に出したいのですが」

「うむ。稽古《けいこ》だな」

と、三宅はうなずいた。

「稽古？」

稲生が訊いた。

「歩く稽古だよ。江戸まで歩かせるには、足腰を鍛錬《たんれん》させておかねばならないからな」

「なるほど」

江戸までどうやって連れて行くかについては、さまざまな検討がなされた。長崎から江戸まで船で運んだほうが楽だろうという意見が多かったが、

「多くの民に見せてやりたい」

という吉宗の言葉で、歩いて行くことが決まったのだった。

二人が来ていたのは、唐人屋敷《とうじん》内につくられた象の小屋の前だった。

長崎の異人が住むところというと、出島《でじま》を思い浮かべる人がほとんどだが、唐人屋敷を忘れてはならない。

唐人屋敷と呼ばれるが、むろん唐の国ははるか昔に滅亡して、いまは清国となっている。ただ、「唐人」という呼び名が定着していたため、この呼称となった。

その広さはほぼ九千四百坪。人工島である出島がおよそ四千坪なので、倍以上の広さである。

周囲は土塀で囲まれているが、なかは一つの町と言ったほうがよく、その面影は現代の長崎新地《しんち》中華街に見い出すことができる。

ここにおよそ二千人もの清国人が暮らしている。しかも、出島と違って、人の出入りの確認もあまり厳しくはない。

幕府の、とある筋からすると、

「唐人屋敷のほうが出島よりはるかに怪しい」

と、そういうところでもあった。

「ほれ、行くぞ」

宇助と吉兵衛は、象に手をかけながら、小屋から外へ出した。

すると、道の奥のほうから新たに二人の男がやって来た。

一人は稲生も知っている長崎奉行所の通詞《つうじ》、加瀬道三郎《かせみちさぶろう》である。この男は二十五歳という若さだが、たいそうな秀才で、蘭語《らんご》も清国語も流暢《りゅうちょう》に話す。どうやら子どものときから、出島と唐人屋敷に出入りしていたらしい。そのわりに日本語は下手糞《へたくそ》で、ときどき子どもがしゃべっているみたいになる。

もう一人は、清国人が着るものよりさらに派手《はで》な色合いの着物に、丸い笠をかぶっている。これは広南人の象使いで、潭数《たんすう》という男である。もう一人、潭錦《たんきん》という女の象使いもいて、二人は夫婦らしい。今日は潭数のほうが操《あやつ》るのだろう。

「まぶう」

と、潭数が言った。

象はゆっくり膝《ひざ》をついた。

潭数は象の背中に手をかけたかと思うと、軽々と背中に乗った。

「こんりい」

潭数がそう言うと、象は歩き出した。

「こんりいというのは、進めとかいう意味か？」

稲生が宇助に訊いた。

「さようでございます。でも、おらが言っても、象は言うことを聞きません」

「そうなのか」

潭数が象の背中でなにか言った。

通詞の加瀬が、なにか訊き返した。

そのやりとりを見ながら、

「これが面倒な話でな。広南人の潭数は、清国語があまりうまくないらしい。それを加瀬がどうにか聞き取るのだが、どうもどれだけ正しく伝わっているか、怪しいのだ」

と、三宅が言った。

「では、この先、大変だな」

稲生は顔をしかめた。

「それに、加瀬は仕事が多いので、江戸には同道させられぬ」

「では、どうするのだ？」

「象使いにできるだけ、わが国の言葉を覚えてもらうしかあるまいな」

「なんと……」

はたして無事に江戸までたどりつけるのだろうか。


唐人屋敷の門は一つしかなく、しかも二重になっている。二ノ門、大門とくぐって外に出た。

このあたりは緩《ゆる》やかな坂になっていて、すぐ前は波止場《はとば》である。その向こうには海が見えている。荷船が着いたらしく、大勢の人足たちや荷車で混雑していた。

そこへ象が姿を見せると、

「うわぁあ」

と、歓声《かんせい》が上がり、見物人たちが集まって来た。

ここらの子どもたちは、すでに象を何度も見かけているはずだが、それでも、

「象だ、象だ。象が来たぞぉ」

と、大騒ぎしながら、象の周《まわ》りを仔犬みたいにぐるぐると駆けめぐったりす

る。

「こら、こら。きさまら、近寄るでない。象に踏みつぶされるぞ」

と、役人が怒鳴ると、

「うわぁ、助けてぇ」

今度はふざけ半分で逃げ回るというたいそうな騒ぎである。

象の一行は波止場の手前を右に曲がった。ここは本籠町《もとかごまち》という通りで、両脇は商家などになっている。海は見えない。

人通りも多いなかを、象はのっしのっしと貫禄《かんろく》たっぷりに、ゆっくり進んで行く。先頭を行く五、六人の役人たちが、

「どけ、どけぃ！」

大声で叫《さけ》んでいる。なにせ上さまへの献上品だから、事故など起きては大変である。

稲生正武と三宅周防守も、ようすを見るため、あとをついて行った。

「図体《ずうたい》が大きいだけあって、なかなか速く歩くものだな」

稲生が感心して言うと、

「いやいや、あんなものじゃない。駆けさせたら、びっくりするくらい速いぞ」

三宅はそう言って、いっしょに来ていた通詞の加瀬に、

「象を走らせるよう、潭数に伝えよ」

と、命じた。

加瀬が象のわきに行ってなにか話しかけるが、象使いの潭数は断わっているようである。

「ソレ、タメ。ソレ、タメ」

よく聞くと、日本語が交じっていた。

「なんじゃ、やりたくないのか?」

三宅が不満げに訊いた。

「いいえ、ここで象を走らせたら、アブナイ、アブナイと言ってるあるよ」

加瀬が、清国人みたいな日本語で言った。

「それはそうか」

「あとで波止場にもどったら、やってやるあるよ」

加瀬はそうも言った。

「わかった」

三宅はうなずき、

「あいつと話していると、なんだか頭が混乱してくる」

と、稲生に対して愚痴《ぐち》った。

「ま、異人と付き合うのは、言葉一つ取っても、容易《ようい》ではないということだわな」

「まったくだ」

「しかも、異国の生きもの相手というのだから、この先が思いやられるわ」

稲生はため息をついた。

三

象一行は、本籠町から船大工町《ふなだいくまち》に入り、川の手前を右に曲がった。

町のようすが、急に華やかになった。ここが、江戸の吉原《よしわら》、京の島原《しまばら》と並んで、日本の三大遊郭《ゆうかく》と称される丸山《まるやま》である。

方々から、派手ななりをした遊女たちが飛び出して来た。化粧の匂いも凄《すさ》まじい。

「あら、象さんじゃないのさ」

「ねえねえ、寄っていきなよ」

「象さんだったら、安くするわよ」

遊女たちは、そんなことを言っては、互いにゲラゲラ笑ったりする。

呆《あき》れている稲生に、

「江戸までの道中では、いろんなところを通るだろうから、こういう雰囲気にも慣れさせておきたいのだ」

と、三宅は言った。

たしかに、そうである。旅の途中には、色っぽい町もあれば、物騒《ぶっそう》な町もあるだろう。なにが起きるかわからないのだ。

丸山周辺をぐるりと回り、同じ道を通って、波止場に帰って来た。

荷揚げ作業は済んだらしく、波止場には人けも少なくなっている。

「走るよぉ！」

潭数が日本語で叫んだ。

突如、象が走り出した。

「なんと」

稲生は目を瞠《みは》った。

ふだんのゆったりした動きからは想像もできない速さで、象は疾駆《しっく》し出した。

地面が揺れる。土埃《つちぼこり》が舞う。地響きもする。

四本の足は二本の足を使う人間より、当然、速いのである。

稲生は意外に思われるが、駆け足は子どものころから速かった。それでも、あんなに速くは走れない。たとえ若いときでも無理だったろう。

海に向かって走り、手前で大きく弧《こ》を描いてもどって来る。

その迫力と言ったら、稲生はこんなものはいままでに見たことがない。

近くで見ていた五歳くらいの子どもが、

「怖《こわ》いよぉ」

と、泣き出したのも当然だろう。

——これは、戦《いくさ》に用いたら、とんでもない武器になるのではないか。

そうも思った。じっさい、山田長政《やまだながまさ》という日本の侍《さむらい》が、シャム（タイ）という国に渡り、そこで象の軍団を率《ひき》いて大活躍をしたという話も聞いたことがある。

鎧《よろい》を着せれば、矢でも鉄砲でも防ぐことはできるし、しかも象は怪我《けが》にも強く、たとえ傷ついても星の光を当てると治ってしまうらしい。

——もしかして上さまは、そこまで考えて象を欲しがったのだろうか。

そんなことまで思ってしまう。

いま、戦は途絶《とだ》えているが、幕府に対して不満を持つ大名はかならずいるし、しかも異国が突如、攻めて来ないとも限らない。

そのとき、幕府に象軍団があれば、たいした戦力となってくれるだろう。

「こいつは、やはり只者《ただもの》じゃないな」

稲生は思わずひとりごちた。

すると、耳元で、

「そうなのです、稲生さま。象というのは、やはり曲者《くせもの》なのです」

そう囁《ささや》いた男がいた。

「え？」

稲生が振り向こうとすると、

「そのままで、稲生さま」

と、男が言った。

「誰だ？」

稲生が小声で訊いた。

「与惣次《よそじ》です」

「ああ、そなたか」

稲生はホッとして、突如、高まっていた緊張を解《と》いた。

上さまから直接の命《めい》を受けて長崎に来ているお庭番である。仲間内からは、

〈野良《のら》の与惣次〉

と呼ばれているらしいが、その所以《ゆえん》を稲生は知らない。歳《とし》は四十くらいだろう。稲生の前に姿を見せるときは、いつも違った風体《ふうてい》なので、本当の容姿《ようし》というのがよくわからない。

さりげなく目を横にやり、斜め後ろの与惣次の風体を見た。今日は、下級武士

に扮《ふん》しているらしい。これなら、稲生に近づいても、別段、不審《ふしん》な感じはしない。

「稲生さまがいま、おっしゃったように、象というのはじつに曲者です」

「そうなのか？」

「ええ。賢いですし、人の言葉もずいぶん理解します。また、教えられたことはいつまでも覚えていて、いろんな命令を実行することもできます」

「そうなのか」

「そんな曲者ゆえに、象を狙う人間もいっぱいいます」

「象を狙う？」

「はい。去年、牝の象が死んだ件も、われらは探っています」

「探る？」

「暗殺されたのではないかと」

「そんな馬鹿な！」

稲生は思わず声を上げた。

三宅が不審そうにこっちを見た。

稲生は、しまったと思ったが、波止場を駆け回った象が、ちょうど稲生たちの

前で足を止めたところだったので、

「象がこんなに速く走れるとは、そんな馬鹿な」

と言って、ごまかした。

「誰が聞いているかわかりませんので、お気をつけて」

「わかった。だが、本当に暗殺されたかもしれぬというのか？」

「ほぼ確実です」

与惣次は冷静な声で言った。

「なんと」

稲生は愕然《がくぜん》としている。

牝の象は、甘い菓子を食べ過ぎたあまり舌に腫《は》れものができて死んだと聞いている。まだ仔象だったし、慣れぬ地に連れて来られて、食うものも変わってしまったから、それも無理はないと思っていた。

だが、それが暗殺だったとすると、とんでもない事態である。

駆け足を終えた象は、唐人屋敷にもどろうとしている。

「稲生。どうだ、凄かったろう？」

三宅が声をかけてきた。

「ああ。たまげたよ」

「では、わしは西役所にもどるのでな」

三宅はそう言って、唐人屋敷には入らず去って行った。長崎奉行所というのは、山手の立山《たてやま》役所と、出島に近い西役所に分かれていて、異国との貿易については、西役所が担当しているらしい。

稲生は、長崎に来たときは立山役所の客室のほうに滞在《たいざい》しているので、三宅とはここで別れる。

「じゃあな」

と、三宅を見送ると、

「証拠はあるのか？」

歩き出しながら、小声で訊いた。

与惣次は、とくに用のない小役人みたいなようすで、さりげなく稲生のあとをついて来ている。

「使われたのは毒物だろうと思い、わたしは唐人屋敷にもぐり込み、当時のことを徹底して調べましたが、毒物があった形跡も、使ったような人間も見つかりませんでした」

「唐人屋敷に……？」

象が飼われているところで、そんなことをしでかすやつがいるのだろうか。

「ところが、出島に潜入《せんにゅう》しているくノ一が、牝の象が死ぬ三日前に、ネズミ除《よ》けで仕入れてあった毒物が、多量に紛失したことをつきとめました」

「出島の者がやったというのか？」

「出島の者かどうかはわかりませぬ」

「だいたい出島に忍び込むことなどできるのか？」

「ええ。あわびと申すくノ一が潜入しています」

と、与惣次は言った。

「くノ一のあわび？　あけびでなく？」

「あわびはあけびの妹です。腕は、姉のあけびを上回るかもしれぬと、頭領《とうりょう》は申しています」

与惣次は、かすかに微笑《ほほえ》んで言った。

第四章　捕まったお庭番

一

権蔵《ごんぞう》のいる陸奥国《むつのくに》、飯坂《いいざか》温泉の湯舟に入って来た馬喰《ばくろう》の三人は、遠慮のない大声で、生まれたばかりらしい仔馬《こうま》を褒《ほ》めちぎっている。まるで馬の若さまでも誕生したみたいである。

——騒がしいやつらだが、田舎者《いなかもの》だから仕方がないか。

権蔵はさりげなく少し離れ、湯の心地《ここち》よさに気持ちを集中させた。

ところが、なかの一人が人なつっこい顔で、

「あんたは、どこから来なすった？」

と、声をかけてきた。

「うむ。江戸からじゃよ」

「そら、また遠いとこからおいでなすっただね。商《あきな》いかね？」

「いや、まあ」

いつもはべっ甲《こう》の櫛《くし》を扱う商人に化けることが多い。だが、今回はあけびもいっしょなので、隠居《いんきょ》の物見遊山《ものみゆさん》を装《よそお》っている。

そう言おうと思ったとき、権蔵の心にふと、見栄《みえ》なのか悪戯《いたずら》心なのか、とんでもないでまかせが浮かんだ。

「わしはこう見えて、じつは俳諧《はいかい》の師匠《ししょう》というものをしておってな」

どうせ田舎の馬喰に俳諧のなんたるかなどわからないだろう。

「ハイカイの師匠？」

「ハイカイってなんだい？」

「飲むものだべか？」

案《あん》の定《じょう》、知らないのだ。

「うむ。七五三という決まった数の言葉で、歌を詠《よ》むのさ」

一瞬、はて七五三でよかったか？　と疑問が湧《わ》いたが、口から出てしまったものはもどしようがない。

「へえ、七五三で？」

「たったそれだけで歌を？」

「おらたちは馬喰なんだけど、馬っこのことを歌には詠めるのかい？」

権蔵は田舎者の無知と図々《ずうずう》しさには呆《あき》れたが、

「そりゃあ、なんだって詠めるさ。馬っこというのは、馬のことだよな？」

「んだ。詠んでみてけろ」

「そうだなあ……」

こうなったら仕方がない。湯のなかでそっと指を折りながら、七五三の文句を探した。

馬喰たちは目を輝かせて、権蔵を注視している。とてもできないと言える雰囲気ではない。なんとしてもひねり出すしかない。

のぼせるほど湯のなかで苦心惨憺《くしんさんたん》して、

「うむ。できた」

どうにかでっちあげたのには、自分でも驚いた。

「へえ。聞かせてくだせえ」

「では、詠むぞ」

それはこういうものだった。

春の畦道《あぜみち》湯気《ゆげ》が立つ馬糞《まぐそ》

「あらあ、馬糞の歌ですかい」

「これは、たまげたなあ」

馬喰たちは目を丸くしている。

「こういうものは、歌心がないとわからぬかもしれぬな。よいか。思い浮かべてみるといい。春の陽《ひ》が降り注《そそ》ぐ畦道にだぞ、落としていったばかりの馬糞が湯気を立てているわけだ。のどかなものだろう。眠けがしてくるような、田舎の光景がまぶたの奥に見えてくるだろう」

「ああ、たしかに」

「見える、見える」

「馬糞の臭いまでしてくる気がするだ」

馬喰たちは大きくうなずいた。

「これが歌の心というやつでな」

「ははあ。師匠にかかると馬糞も歌になるべえか。てえしたもんだない」

「うんだ、うんだ」

馬喰たちはすっかり感心したふうである。

権蔵はさっきの焦燥《しょうそう》はすっかり忘れ、大いに図に乗った。

「ま、わしも江戸ではちょっと名の知れた俳諧屋でな。田舎じゃ芭蕉《ばしょう》が有名らしいが、芭蕉なんかたいしたことはない。わしのほうが上だ」

「芭蕉？」

「ああ。松尾《まつお》芭蕉といってな。三、四十年ほど前に死んでしまったが、いまだに根強い信奉者《しんぽうしゃ》がいるらしくてな」

「その人のことなら、聞いたことあるよ。なんでも、大変偉い人だったとか。ここら辺にも来ていたとか。なあ？」

「んだ、んだ。おらもそう聞いただ」

「ところが、それほどでもないのさ。だいたい、あれは幕府の密偵《みってい》もしてたくらいでな」

権蔵は、ぽろりとそんなことまで口走ってしまったではないか。

このやりとりを、少し離れたところであけびが聞いていた。先ほど、湯から出てすぐに、三人のいかにも馬喰ふうの男たちとすれ違ったが、身のこなしに武芸の切れを感じた。

——あれは怪しい。

もっとも権蔵は湯のなかにいるので、襲われても心配はないが、ただ余計なことを言ってしまう怖《おそ》れがある。それで、そっと引き返してみた。

すると、案の定ではないか。

俳諧のはの字も知らないくせに、師匠だと大ぼらを吹いた。おやじというのは、突如《とつじょ》、大ぼらを吹くものだけど、俳諧の師匠はないだろう。ぜったい恥をかくと予想したら、七五三ときた。

連中の顔は見えていないが、さぞかし笑いをこらえるのに苦労したことだろしかも、馬糞の歌までででっちあげたのには、あけびも腹がよじれそうになった。

権蔵は明らかに調子に乗っている。このままだと、まずいことになると思ったとき、芭蕉が密偵だったなどと言い出した。

――おいおい、なにを言い出すんだよ！

あけびは背筋が寒くなった。

「密偵？　密偵ってなんだべ？」

と、馬喰が訊《き》いた。探りを入れている口調である。そんなことにも気づかないのか。

「密偵というのは、ほら、忍者がふつうの町人みたいになりすましてだな、敵地の城だの屋敷だのに探りに行くやつのことだよ」

権蔵が言った。自分がそうだと言っているようなものではないか。

「芭蕉ってのは、そんな悪い人だったのかい？　そりゃあ、大変だ」

「おいおい、密偵が悪いやつとは限らんぞ。たとえば、幕府の忍者などは、この国の平和のために働いているのだろうからな」

「んだば、奥州《おうしゅう》の侍《さむらい》は、平和を壊《こわ》そうとしてるってことなんか？」

「そうは言ってないさ。ただ、芭蕉はなにか探るためにここに来てたってことだよ」

あいつらはたぶん仙台藩の忍者たちだ。もしかしたら黒脛巾組《くろはばきぐみ》と呼ばれる者たちかもしれない。

——駄目《だめ》だ。これ以上、権蔵といっしょにいては危ない。

あけびは急いで部屋にもどって、逃げる支度《したく》をすることにした。


「いやはや、たまげたなあ」

「芭蕉ってのはそういう人だったんかい」

と、馬喰たちは啞然《あぜん》とし、

「あんたもそんなことを知ってるのは、やっぱり密偵だからかい？」

「馬鹿《ばか》なことを言うな。わしはただの俳諧屋だ。そんなことは、江戸で俳諧をたしなむ者なら誰でも知っているわ」

権蔵はそう言ったとき、そんな話を昔、誰かから聞いたことを思い出した。芭蕉が隠密《おんみつ》？　仙台藩の隠《かく》し金？　そんな話を誰かとしたのだった。上《うえ》さまから密命を与えられる前から、芭蕉が隠密だったという話は、誰かから聞いていた。ただ、芭蕉が何者なのか知らなかったので、あまり気に留めなかったのだ。

では、いったい誰に、どこで聞いたのか……。

「あんたの名前は、なんていうだ？」

馬喰が権蔵に訊いた。

「わしか？　わしの名は、湯煙亭権草《ゆけむりていごんそう》というのだ。江戸ではけっこう知られた名だぞ」

咄嗟《とっさ》にでまかせを言った。湯煙亭というのは、寄席《よせ》に出てくる芸人みたいだが、「ごんそう」としたのはよかったのではないか。いかにも俳諧屋らしいだろう。

「湯煙亭権草さまかあ。んだば、ここらの者にも、先生のことを触れ回らないとな。江戸からたいした先生さまが来ておられると」

「おいおい、それはやめてくれ」

権蔵は慌《あわ》てて言った。

「だども、皆、先生にすんばらしい句をつくってもらいてえはずだから」

「いやいや。わしは芭蕉と違って、旅先で有名人面《づら》をするのは大嫌いなのだ。ないしょにしてくれぬと、わしはいますぐ旅立ってしまうぞ」

「そうなのかい。んだば、黙ってるべ」

まったく、図々しい田舎者にはなにを頼まれるかわからない。ぜったいないしょにするよう念押しして、権蔵は湯を出ると、部屋にもどった。

二

権蔵の部屋は、あけびの隣《となり》になっている。隠居の付き添いが別の部屋だというのはおかしいはずなのに、あけびが言い張って、部屋を別にしているのだ。

——ん？

戸が開け放してあって、あけびの姿がない。

「おい、あけび」

声をかけながら、部屋のなかに入った。

なにかおかしい。荷物がすべてなくなっているではないか。

部屋の隅《すみ》に紙が一枚置いてある。どうやら書き置きらしい。見ると、

やっぱり権蔵は馬鹿

と、書いてあった。

「おれが馬鹿だと？　どういう意味だ？　あいつ、なにさまのつもりだ？」

権蔵は、あの小憎たらしいくノ一を、張り飛ばしてやりたくなった。

たぶん、あいつは早く仕事を片付けたくて、先に仙台藩に潜入《せんにゅう》するつもりになったのだろう。まったく、本気で嫁に行きたいと思っていやがる。だから、おれはくノ一といっしょに仕事をするのは嫌なのだ。

ぶつぶつ言いながら、まだ、そこらにいるかもしれないと、権蔵は宿の外に出てみた。

くノ一のことだから、土産物《みやげもの》の一つも買っているかもしれない。

ところが、宿のわきに、さっきの馬喰たちの一人が馬の世話をしていて、

「おや、先生でねえか。どうしただ？」

と、声をかけてきた。

「うん。連れの姿が見えぬのでな。若い娘なんだがな」

「若い娘？　先生があんまり悪さを仕掛けるもんだから、宿でも替えたんでねえのかい？」

「馬鹿言え。わしは、そんなことはせぬ」

「そしたら、この馬を貸すから、乗って探してみてはどうかね」

馬喰が、世話をしていた馬の背を叩《たた》いた。ここらは馬の産地だけあって、なかなか立派な馬である。

「馬か。わしはあまり得意ではない。走ったほうが馬より速いのでな」

「馬より速い？　そんな馬鹿な」

「俳諧屋は足が達者《たっしゃ》でないとやれない商売でな」

「ま、そう言わずに乗ってみてけろ。馬代は、タダにしてやるで」

「乗ってけろと言われると、乗らざるを得ないか」

権蔵、結局は、タダという言葉に釣られてしまった。

馬の背中にはぼろ切れでつくったような、粗末《そまつ》な鞍《くら》が載《の》っている。権蔵はあぶみに足をかけ、

「よっ」

と、馬にまたがると、

「先生。その身のこなしは、忍者みたいだね」

馬喰は気になることを言った。

「なあに、俳諧屋は旅慣れてるのでな」

内心、ドキリとした。

権蔵たちが泊まっていた湯宿は川沿いにある。伊達領に行く街道に出るには、橋を渡ってから東に向かわなければならない。

とりあえず橋を渡った。

「その娘っ子は、足は速いのかね」

馬を引きながら、馬喰が訊いた。

「そうでもないな」

もちろん、あけびが本気で走れば、恐ろしく速い。十里（約四十キロメートル）の道も一刻《いっとき》（約二時間）ほどで走る。権蔵もそんなに速くは走れない。だが、こんな真っ昼間に本気で駆けたりするわけがない。目立たないよう、ふつうの旅人の速さで歩いているはずである。

ただ、こっちものろのろしていたら、追いつくことはできない。

「ちと、急がせてくれ」

「へーい」

街道へ向かう道は、林に囲まれた田舎道で、旅人の往来《おうらい》もさほど多くない。彼方《かなた》を眺めても、あけびらしい娘の姿は見当たらない。

「急ぎの旅人はこっちの道を行ったりするだ」

馬喰は、人けの少ない道を指差した。

「そうか。じゃあ、そっちに行ってみてくれ」

畦道みたいな細道である。

〽田舎なれども南部の国はよぉ～

西も東も金の山ぁ〜


馬喰が下手《へた》な唄《うた》をがなり立てた。

やかましいと文句を言おうと思ったとき、両脇の林のなかから、別の馬喰たちが現われた。

——ん？

顔を見ると、さっき湯のなかにいた馬喰たちではないか。

「お前ら……」

権蔵はようやく異変に気づいた。逃げようとしたが、いつのまにか、あぶみから足が抜けなくなっていた。

馬喰たちは、別に連れて来ていた三頭の馬に飛び乗った。

「よし、行くぞ！」

掛け声とともに、権蔵を乗せた馬にも鞭《むち》を入れた。計四頭の馬がいっせいに駆け出した。野良《のら》作業をしている馬とは思えない速さである。権蔵の馬は挟まれているので、逃げようがない。

街道には出ず、脇道だけを通って行く。

「おい、なにごとだ、これは？　お前ら、なんか勘違《かんちが》いしてないか？」

権蔵は必死で声をかけるが、馬喰たちはなにも答えない。いや、馬喰などでないことは、すでに明らかである。

やがて、山道に入り、峠《とうげ》を下ると、頑丈《がんじょう》な造りの小屋が現われた。

「もはや、わが領内だ。さあ、降りてもらおう」

関所《せきしょ》などは通らなかった。それでも、ここはもう伊達領らしい。


小屋には、こいつらの仲間らしき男が二人いて、権蔵を蹴《け》るように土間《どま》へ座らせてから、

「飯坂の湯で密偵を捕まえたぞ」

「おいおい、なんべんでも言うが、わしは一介《いっかい》の俳諧屋に過ぎないぞ」

権蔵はすがるような目で言った。

「あんた、俳諧の師匠に化けるんだったら、俳諧のなんたるかくらいは学んでから来いよ。なんだよ、七五三て」

そう言って、三人は大笑いしたあと、

「どうせ、おぬしは二度と江戸の地は踏めんだろうから教えてやるが、わしらは黒脛巾組の者」

一人がそう言うと、一同、胸を張った。

「黒脛巾組は知っているな？」

もちろん、その名は聞いている。だが、知っていると言えば、権蔵はただの俳諧屋ではないことになる。

「いや、知らん」

「ま、幕府のお庭番のようなものだ」

男はそう言った。

じつは、黒脛巾組の結成はお庭番よりはるかに古く、伊達政宗《まさむね》によって組織された忍者集団だと言われる。人数は、五十人とも八十人とも言われ、定かではない。

その名の由来は、黒革の脛巾をつけていたからとされるが、いま、目の前にいる男たちは馬喰や農夫の恰好《かっこう》で、そんなものはつけていない。

「まずは、お頭《かしら》に報《しら》せてくれ。直接、来ていただいたほうがいいかもしれぬ」

権蔵を騙《だま》して馬に乗せた男が言った。

「わかった」

もともとこの小屋にいた二人が、急いで出て行った。

権蔵は後ろ手に縛《しば》られ、座らされた。

もはやじたばたしても仕方がない。ここは体力の消耗《しょうもう》を防ぐため、じっとしているしかない。

「それにしてもまぬけ密偵だよな」

黒脛巾組の一人は笑いながら言った。

「密偵じゃないんだって」

「お庭番じゃないのか？　伊賀《いが》者か？　芭蕉の後輩か？」

「……」

権蔵は力なく首を横に振った。

――まったく、おれという男は……。

内心で、自分をなじった。

だいたいが、湯のなか以外はただの弱虫に過ぎないのに、よくも密偵などやってこられたものだと思う。もしかしたら、弱虫の駄目男だから、逆に警戒《けいかい》されず、下男《げなん》などになりすまして屋敷に潜入できたりしたのかもしれない。

だが、このところ、ちょっと手柄《てがら》がつづいて、調子に乗ってしまったかもしれない。あけびが、おれのことを馬鹿だと書き残したのは当たっていた。たしかに馬鹿だった。

——そういえば、あけびはどうしているだろう？

すでに仙台《せんだい》の城下に入っているのか。どこかでおれが捕まるところを見ていて、助けに来てくれないものだろうか。

もう少し、あいつの言うことを聞いておけばよかったが、いまはもう遅い。

三

日が暮れてきたころ——。

小屋の前で馬群《ばぐん》が停止した。

戸が開いて、四人の男たちが入って来た。うち二人は、さっき出て行った者たちである。

「お頭、ご足労《そくろう》おかけしまして」

迎えた黒脛巾組の者が頭を下げた。

「うむ」

「捕まえたのは、こいつです」

お頭と呼ばれた者が、権蔵をひと目見て言った。

「間違いない。お庭番だ。たしか湯煙《ゆけむ》り権蔵と呼ばれている者だ」

——なんてこった。

権蔵は愕然《がくぜん》とした。名前だけでなく、通り名のほうまで知られているではないか。

「湯煙り権蔵？　その通り名はどこから来たのですか？」

黒脛巾組の一人が訊いた。

「それはわからんが、お庭番が暮らす桜田《さくらだ》屋敷を出入りするのは目撃している」

「そうでしたか。よかったです。あまりにも見えすいた嘘《うそ》をつくので、もしかしたらただの薄《うす》馬鹿かと不安になっていたところでした」

黒脛巾組の頭領《とうりょう》は、鬼の面をつけている。顔がわからないばかりか、どうやら着物の下に鎧《よろい》でもつけているらしく、体型すらよくわからない。かすれ声で、囁《ささや》くように話す。

権蔵は、この頭領も入れて、七人もの黒脛巾組に取り囲まれている。

「おい、権蔵。もう、しらばくれても無駄《むだ》だ。正直に話せば、命くらいは助かるかもしれぬぞ」

権蔵を馬に乗せた男が言った。

「わかった。そうするよ」

権蔵は素直にうなずいた。

——おれはまだ、死にたくないからな。

そう思うと、権蔵は涙があふれてきた。

「なあ、聞いてくれ。おれは、あんたがさっき言ったように、じっさい、ただの薄馬鹿おやじなんだよ。桜田屋敷にいるのはほんとだが、ほとんど飯炊きをしてるくらいの男なんだ。それが、人手が足りないというので、ちょっと伊達領をのぞいて来いみたいに言われて、仕方なくやって来ただけなんだ」

「そうなのかい」

とは言ったが、明らかに信じていない。

「なにか探ろうなんて気持ちはまったくなかったのは、おれを見てたらわかったはずだよ。温泉にのんびりつかって、適当な頃合いになったら江戸に帰って、別に怪しいことはありませんでしたって報告するつもりだったんだ」

「だから？」

と、頭領がかすれたような声で訊いた。

「見逃してやってくだせえよ」

権蔵は目一杯、卑屈《ひくつ》な笑《え》みを浮かべて言った。

「そうはいかんなあ」

頭領がふざけた口調で言うと、黒脛巾組の面々は、ドッと笑い声を上げた。

外はすでに日が落ち、見張り小屋のなかでは囲炉裏《いろり》に火が入っている。

その小屋の屋根近くに、あけびがいた。

小屋の近くの数本の木に蜘蛛《くも》の糸のように細い紐《ひも》を渡し、それを伝《つた》って、近づいたのだ。庇《ひさし》ぎりぎりまで身を寄せているが、触れてはいない。身体《からだ》の軽いくノ一なら誰でもできるわけではない。何か月ものあいだ、地面に降りずに暮らすという修業をしたあけびならではの忍技《にんぎ》である。

案の定、権蔵は捕まった。馬に乗せられ、山道を連れて行かれるのを、あいだを空《あ》けながらつけて来たのだった。

あけびは、小屋のなかの声に耳を澄ました。

「もう一人、くノ一がいたな?」

「ああ。あれは、くノ一と言っても、ほんの駆け出しで、お庭番から抜けたくて仕方がないという女なんだ」

「抜ける?」

「早いとこ抜けて、大店《おおだな》の若旦那《わかだんな》でもたらしこみたいんだと。あんなのは、くノ一とは言えんよ」

あれは本心で言っている。

「それより、なんでも話すから、命だけは助けてくれ。おれはまだ、入ったことのない温泉がいくつかある。だから、まだ死にたくないんだ。このとおり。な、芭蕉のことが知りたいんだろ？」

権蔵の哀願《あいがん》する声を聞きながら、

——凄《すご》いなあ、あのおっさんは。

あけびはむしろ感心した。人間、なかなかあんなふうに、恥も外聞《がいぶん》も捨てられるものではない。あたしだって、もしあんなふうに捕まっても、あそこまで卑屈な態度は見せられない。だが、あれが人間の本音《ほんね》なのだ。

いま、くノ一として取るべき道は、次の三つである。まずは、見捨てるという道。あるいは、あけびの手で権蔵の口をふさいでしまうという道。そして、なんとかして助け出すという道。

だが、七人相手では助け出すのは難しい。

なにをしゃべるかわからないため、本来なら口をふさぐというのが、いちばん正しい道なのだろうが、さすがにそれはしたくない。

といって、権蔵は本当になにを言い出すかわからないので、ここで逃げるわけにもいかない。

あけびは大いに迷った。

——しょうがない。なんとか助け出すか。

くノ一としては、甘い結論になってしまった。

第五章　湯屋《ゆうや》の密談

一

「象が暗殺……！」

腰かけていた湯舟の縁《ふち》から飛び上がりそうになった三太《さんた》の口を、丈次《じようじ》は慌《あわ》てて押さえた。

「ほんとのことなんで？」

丈次は小声で訊《き》いた。

たちこめる湯気《ゆげ》のなか、吉宗《よしむね》はうなずく。

「昔の話だが、極秘の記録が残されていた。信じられぬできごとが、じっさいにあったのだ」

「どうやって暗殺されたんですか?」

「権現《ごんげん》さまが連れて来させた一頭の象は、いったん長崎に入ると、そのまま船で、江戸に向けて運ばれることになっていた。下田《しもだ》の港に立ち寄り、停泊《ていはく》していた夜のことだ。八名もの曲者《くせもの》が、その船に侵入して来た」

「なんと……」

丈次たちは、息を凝《こ》らして、吉宗の話のつづきに聞き入った。

「そやつらは、手槍《てやり》と刀でいきなり象に襲いかかった」

「あ、やだっ」

桃子《ももこ》は両手で目を隠《かく》すようにした。

「だが、象というのはたいしたものでな。曲者が甲板《かんぱん》に現われたときから異変を察知したらしく、プォーイ、プォーイと啼《な》き出していた。象の世話をしていた者も飛び起きたし、警護《けいご》の武士も気づいて、並走していた船から乗り移ったりもした」

「では、曲者の襲撃《しゅうげき》を防ぐことはできた?」

丈次が訊いた。

「いや、できなかった。曲者たちは、まずは象の世話をする者や、警護の者たちに襲いかかり、十数人もの男たちをたちまち斬《き》り殺してしまったのだ」

「そうなので」

「つづいてやつらは象に打ちかかった。槍が突き刺さり、刀で斬られたが、象はかんたんには倒れない。怒りのあまり暴れ出し、長い鼻を振り回して曲者を張り飛ばし、倒れたところを踏みつけたりした。その凄《すさ》まじい力に、曲者はひとたまりもない。侵入した八人は、いずれも骨が砕《くだ》け、踏みつぶされて死んでいた。象は、そのあと駆けつけた者によって介抱《かいほう》されたが、深手《ふかで》を負っており、二日ほどは生きていたが、三日目の晩に、息を引き取った。亡くなるとき、長い鼻を遠い母国に向け、高々と伸ばすようにしたと、記録には書かれてあった」

「最期は、鼻を母国に向け……ああ、もう、あたし、駄目《だめ》……」

桃子はその場面を想像したらしく、手を顔に当て、湯舟の横にしゃがんだまま、しばし嗚咽《おえつ》した。

「桃子姐《ねえ》さん。そんなに泣くなって」

丈次が手ぬぐいを差し出した。

「だって、無理やり連れて来られたんでしょ。しかも、はるばる海を越えて。それなのに、そんなひどい目に遭《あ》って……」

桃子の涙が収まるのを待って、

「でも、青井《あおい》さま。なんだって、象は殺されなきゃならなかったんです？」

と、丈次が訊いた。

「それなのさ。じつは、象というのはかんたんに説明するのは難しいのだが、なかなか手強《てごわ》い生きものでな」

「そりゃあ、曲者八人を返り討ちにしたくらいですからね」

「うむ。そうなのだが、話はもう少し込み入っているのだ。じつは、権現さまが象を取り寄せた五年前なのだが、フィリピンを統治していたエスパニア（スペイン）の呂宋《ルソン》総督が、当時はまだ生きていた太閤秀吉《たいこうひでよし》に、象一頭を献上《けんじょう》していた」

「太閤秀吉にねえ」

「その象を聚楽第《じゅらくだい》という太閤の御殿の庭で、息子の秀頼《ひでより》とともに見物した。秀頼は当時、数えで五歳。さぞや嬉《うれ》しかっただろうし、その巨体は目に刻まれたことだろう」

「でしょうね」

「その象を、権現さまも見たかどうかは、記録にもないのでわからない。だが、わしは見たのだと思う。そして、それからまもなく太閤秀吉は病《やまい》に倒れ、その二年後、天下分け目の合戦《かっせん》と言われた関ヶ原の合戦に勝利して、権現さまの天下となった。それらは、象が来るまでの五年のあいだに起きたことだった。それが、どういうことかわかるか？」

吉宗はそこで、三人に訊いた。

「え？」

丈次と三太は、どういうこと？　というように顔を見合わせた。

ややあって、桃子が言った。

「それってもしかして、象は使えると思ったんじゃないですか？　戦《いくさ》とかに。いままでにない、新しい武器になると思ったとか？」

これには吉宗も感心した。

「ほう、桃子。そなたは軍師《ぐんし》の才能があるのではないか？」

「いやですよ、青井さま。あたしは、戦だの喧嘩《けんか》は大っ嫌いです。毎晩、微笑《ほほえ》みを浮かべて眠りにつくのがいちばんだと思っているんです」

桃子はムキになって言った。

「それはすまん、すまん。だが、戦の役に立つというのは当たっているのだ」

吉宗がそう言うと、

「戦にねえ」

丈次は納得がいかないらしい。

「そうは思えぬか？」

「たしかに象は図体《ずうたい》が大きいから暴れたら強いかもしれません。でも、あっしは、地上でいちばん強いのは、虎《とら》だと聞いたことがありますぜ。虎を飼い慣らしたら、象どころではないのでは？」

と、丈次は言った。

「うむ。たしかに虎は強いらしいな。だが、象はふだんこそ穏《おだ》やかな心根《こころね》だが、怒ると凄まじい力を発揮《はっき》する。虎でさえ、踏みつぶしてしまうほどらしい。虎のほうも、それを知っているので、象には手出ししないと聞いたぞ」

「へえ。でも、大昔の戦ならともかく、いまは鉄砲という武器もあるじゃありませんか。鉄砲の数丁で、離れたところから狙い撃ちされたら、いくら象でもどうしようもないでしょう」

「ところが、象はとんでもない力持ちで、鉄の鎧《よろい》を着せることができるのだ。それでも、人より速く走ることができる」

「そうなので」

「しかも、一頭だけでなく、数十頭揃《そろ》えたとしたら……？」

「そりゃあ、凄《すご》い迫力でしょうね。兵士の何百人分になるのでは？」

「使い方によっては、何千人もの兵士に匹敵《ひってき》するかもしれぬ」

「へえ」

「おそらく、権現さまは太閤秀吉に献上された象を見たときに、使い道まで思い描かれただろう。だが、同じことを考えたのは、権現さまだけとは限らない」

吉宗はそう言って、三人を見た。

「その者が、権現さまが連れて来ようとした象を暗殺したというのですか？」

丈次が眉根《まゆね》に皺《しわ》を寄せて訊いた。

「おそらくな」

と、吉宗はうなずいた。

「権現さまが、象を武器にして、ますます強大な力を得ることを恐れたのですか？」

桃子が訊いた。

「だろうな」

「でも、当時、権現さまは関ヶ原の合戦に勝利して、主だった敵はほとんど叩《たた》きつぶしていたんですよね？」

と、丈次が訊いた。

「よく知っているではないか」

吉宗は感心して言った。

「いやあ、じつはこのところ、湯上がりに講釈《こうしゃく》を聞くのが好きになりましてね。近くの小屋に毎晩出ている講釈師が、よく権現さまの話をつづき物にして語るんですよ」

「ほう」

「たいしたもんですねえ、権現さまってえお方は。関ヶ原の合戦でも、長さ三間《けん》

（約五・四メートル）もある槍を片手に、雪のような白馬にまたがり、先陣切って飛び出すってえと、雨あられと降り注ぐ鉄砲玉や矢を巧みにかいくぐって、島左近《しまさこん》、大谷吉継《おおたによしつぐ》、小西行長《こにしゆきなが》、加藤清正《かとうきよまさ》、石田三成《いしだみつなり》といった並みいる敵の猛将をブスリブスリと突き刺して、戦が終わったときには、白馬は真っ赤に染まっていたというじゃありませんか」

「ううむ、それはずいぶん大げさな話になっておるのう」

　吉宗は苦笑し、

「だいたい加藤清正は、味方の将だったはずだ」

「あ、そうなんですか」

「しかも、関ヶ原の合戦に勝利したあとも、権現さまはまだ、枕を高くして寝るわけにはいかなかった」

「それも、講釈で聞きました。太閤秀吉の遺児秀頼が、大坂城でとぐろを巻いていたんですよね」

「とぐろは巻いておらぬだろうが、秀頼に味方をする者は何人かいた。その一人に真田幸村《さなだゆきむら》というなかなかの策士がおってな」

「はいはい、腕利《き》きの忍者を大勢操《あやつ》って、権現さまを苦しめたというんでしょう。そうですか、やはり真田幸村がねえ」

「いや、まあ、確かな話ではないのだがな」

吉宗はそう言ったが、内心、それもあり得ると思っている。

二

吉宗の話に、丈次に三太、桃子の三人が聞き入っているころ――。

富士乃湯《ふじのゆ》に近づきつつある一人の男がいた。

歳《とし》は六十、いや七十は超えているかもしれない。足取りはかなりよろよろしているが、凹凸《おうとつ》のある道でも転ぶようすはない。一定してよろよろしている――ということは、足弱《あしよわ》のふりをしているのかもしれない。

顔つきは、いまにも雨が降り出しそうなくらいにぼんやりしているが、ときおり雷《かみなり》のような鋭《するど》い視線を周囲に飛ばすのである。じっと見ていたら、只者《ただもの》ではないと思うだろうが、しかしこんな年寄りをじっと見る者など、誰もいない。

髷《まげ》は、武士のそれである。ほとんど真っ白になっている。だが、刀は差していない。袴《はかま》もはいていない。短めの木綿《もめん》の着物によれよれの帯。年老いて、犬小屋の番くらいしかできなくなった、貧乏旗本の中間《ちゅうげん》といったところだろうか。

老人は、富士乃湯の前で立ち止まった。

周囲には、何人もの変装した伊賀《いが》者や、町方《まちかた》の同心《どうしん》たちがいる。それらは、物売りや、尾羽《おばね》打ち枯らした浪人者《ろうにんもの》といった恰好《かっこう》をしている。彼らは、富士乃湯に入った吉宗を警護しているのである。もちろん、目立たないように。

当然、のれんをくぐろうとしたこの年寄りにも注意を向け、怪しいやつかどうか、確認した。持っているのは古びた手ぬぐいだけ。袂《たもと》のなかでじゃらじゃら音を立てているのは、六文《もん》（百二十円）の湯銭《ゆせん》に違いない。

しかし、安心はできない。手ぬぐいも濡《ぬ》らせば立派な武器になるし、銭《ぜに》に似せてあるが、縁を刃のようにした小型の手裏剣《しゅりけん》かもしれないのだ。

老人がのれんをくぐったそのとき、ちょうどなかから湯上がりの町人が出て来て、

「おっと、ご免《めん》よ」

正面からぶつかってしまった。

ごく自然なできごとだった。だが、町人のほうはすばやく、髷のなかに隠した物はないか、銭は本物か、手ぬぐいは変に長かったりしないか、そうしたことを瞬時に確かめていた。そして、周囲で警戒《けいかい》していた者たちに向かって、

「大丈夫《だいじょうぶ》だ」

というようにうなずいてみせた。

ところが、この老人というのは、只者ではなかったのである。

老人は、脱衣場に入るやいなや、着ていた着物をサッと脱いだ。ふんどしも外《はず》した。まったくの素《す》っ裸《ぱだか》である。

それからボロぞうきんのような手ぬぐいを肩にかけ、洗い場へ入った。

そこで、洗い場の隅《すみ》に腰をかけていた水野忠之《みずのただゆき》と目が合った。

——あれ？

水野は目を瞠《みは》った。この老人の顔をどこかで見たことがある——と思ったのである。

「なあ、安藤《あんどう》どの」

「ん？」

「あの年寄りの顔だが、見た覚えはないか？」

「そういえば……」

安藤信友《のぶとも》も見たことがあるらしい。

二人は慌てて立ち上がり、老人の前に立ちはだかった。

「ちと、待たれい」

と、水野が小声で言った。洗い場にはほかにも客はいるのだから、大げさな騒ぎにはしたくない。

「なんですかな？」

「そなた、名は？」

「いや、まあ、名前など……」

と、老人ははっきりしない。

「わしは、そなたの顔に見覚えがあるのだが、そなたはわしを知っているか？」

「ええ、まあ」

「知っているのか！　どこで会った？」

「それはちと」

言い淀《よど》んだ。

「そなたは、湯に入れるわけにはいかぬな。ちとこっちへ参れ」

水野は老人の腕を摑《つか》んだ。すると、摑んだ手がぬるりと滑《すべ》った。

「ややっ」

「どうされた水野どの？」

「こやつの肌が変なのだ」

水野はそう言って、羽交《はが》い締《じ》めにしようとした。それでも老人の身体《からだ》はぬるぬると滑って、水野の腕から逃げてしまうのである。

「動くでない」

安藤も同じようにしたが、やはり老人を摑まえることはできない。

——こやつ、曲者だ！

二人は、突然の事態に真っ青になった。

水野と安藤の慌てように気づいた、洗い場に控えていた町方の同心も、スッと近づいて、老人を連れ出そうとした。

ところが、同じように老人を摑むことができない。足をかけ、組み倒そうとしても、ぬるりと滑って、同心だけが床に倒れてしまうのである。

「これは奇《き》っ怪《かい》な！」

老人の肌をよく見ると、まるで汗みたいに、脂《あぶら》らしきものが、たらりたらりと噴《ふ》き出してきているのだった。

「きさま、ガマの化け物かっ！」

同心は思わず叫《さけ》んでしまった。

洗い場のほうで、なにか騒ぎが起きたらしいことは、ざくろ口のなかでもわかった。

丈次が緊張《きんちょう》した顔で、吉宗を見た。

「なに、たいしたことではあるまい」

「でも、いちおう」

と、丈次と三太が吉宗の前に出て、かばう恰好をした。吉宗に危害を加えようという者が現われたら、前に立ちはだかるつもりである。

「わたしは怪しい者ではありませんて」

そう言う年寄りの声がした。

その声に、吉宗はニヤリとした。

「よい。わしが行く」

吉宗がざくろ口をくぐろうとすると、

「青井さま。いけません」

丈次が前に回ろうとした。

「なに、大丈夫だ」

「ですが……」

吉宗は、丈次たちが止めるのを押しのけて、ざくろ口から出た。

貧弱な身体の爺《じい》さんが、素っ裸で立っていて、その周《まわ》りを、水野と安藤と警護の者がやはり裸で取り囲んでいた。

「あ、大殿《おおとの》。こやつ、なにやらぬるぬるした奇っ怪な爺《じじ》いでして」

水野が泣きそうな顔で言った。

「よいよい。心配要《い》らぬ」

「ご存じの者で？」

「ああ。川村一甚斎《かわむらいちじんさい》だ」

「あ……！」

水野と安藤は、名を言われて思い出した。

お庭番の頭領《とうりょう》で、以前、お城の庭で見かけている。それで見覚えがあったのだが、こうして素っ裸で見ると、ずいぶん印象が違っていた。

「どうした、一甚斎？」

吉宗が訊いた。

「じつは、長崎から急ぎの報《しら》せが参りまして」

「そうか」

吉宗はうなずき、洗い場の隅に行くと、二人でひそひそと話をし出した。

吉宗のあとを追って、ざくろ口から出て来ていた丈次たちも、このようすにはホッとしていた。

だが、話している吉宗の顔は真剣である。なにか、よくないことでも起きたらしい。

やがて、あらかた話が済んだらしく、吉宗は眉間《みけん》に皺を寄せながら、

「まさか牡《おす》の象も狙われるとは思わないが、くれぐれも警戒するようにな」

と、言った。

「わかりました。わたしもいまから長崎に向かいたいと思います」

「頼む。それで、いま長崎には誰がいる？」

「与惣次《よそじ》とあわびという二人が行っております。与惣次は、権蔵《ごんぞう》と親しく、二人いっしょに他国へ潜入《せんにゅう》したことが何度もございます」

「ほう。湯煙《ゆけむ》り権蔵といっしょにか」

「そして、あわびというのは、あのあけびの妹でございます」

「そうであったか」

吉宗は満足げにうなずき、一甚斎は上がり湯をもらって、身体の脂を洗い流すと、湯舟には入らず、富士乃湯から出て行った。

「大殿。さっきのは忍技《にんぎ》でありましたか？」

水野がそっと訊いた。

「うむ。あの忍技のおかげで、あやつは敵に一度も捕まったことがないらしい」

「ははあ」

お庭番というのは、一甚斎といい、湯煙り権蔵といい、異様な技の遣《つか》い手だらけらしかった。

「さて、たっぷり汗も流したし、二階で休息することにしようか」

吉宗は、丈次たちを誘った。

江戸の湯屋の二階には、休息のための部屋があったりする。ここで、客は思い思いに寝そべったり、囲碁《いご》将棋《しょうぎ》を楽しんだり、茶を飲みながら菓子を食べたりする。吉宗も、富士乃湯に来たときは、ここでくつろぐのが、習慣になっていた。

「女は二階へは上れないんですよ。近所の茶屋に行きましょうか」

桃子が言った。

「そうしようか」

との吉宗の言葉に、

「もちろんでさあ」

丈次たちも断わるわけがない。

警護の者たちの動きが、あわただしくなった。

茶屋に入ると早々に、

「青井さま。さっきはなにやら難しい顔をなさってましたね？」

と、丈次が訊いた。

「うむ。ちと、面倒なことが起きたのでな」

吉宗はうなずいた。

もともと、象を江戸に連れて来るのは、そうかんたんなことではないとは覚悟していた。象といっしょに、さまざまな厄介《やっかい》ごとや怪しい連中も付いて来るのだろうと。

だが、早くも牝《めす》の象が暗殺されてしまうとは、思ってもみなかった。

「訊いてはいけないのでしょうが」

丈次は吉宗を見た。

吉宗はしばし、言うかどうか迷っていたが、

「じつは、わしが呼び寄せた二頭のうち牝の象が暗殺されてしまった」

打ち明けたのは、この三人をよほど信頼しているからだろう。

「えっ」

丈次たちは唖然《あぜん》として、互いに顔を見合わせた。

「わしは、牡牝の象で、仔《こ》を産ませ、増やしてみたかった。象の軍団をつくっても面白《おもしろ》いのではないかとは考えていたのだ。だが、当面、それは難しい」

「ですよね」

「残った牡の象は、まもなく江戸に向かって旅立つことになる」

「船で来るんですか？」

桃子が訊いた。

「いや、歩いてやって来る」

「暗殺される恐れがあるからですか？」

「いや、気をつけさえすれば、船のほうが安全だろう。街道をやって来れば、危機はそこらじゅうにある」

「では、なぜ？」

桃子は目を丸くして訊いた。

「とりあえず、牝の象がいなくなったので、危険を冒《おか》してまで、牡の象を暗殺するようなことはせぬはず」

「そうなんですか」

「わしが象を歩いて江戸まで連れてくるよう命じたのは、象を目《ま》の当たりにして、民がどう思うかを知りたいからなのだ。ところが、民の本心を知るというのは意外に難しいことでな」

吉宗は、苦渋の表情で言った。

「そんなことは、青井さまならかんたんでしょうが。どんなことでも探って来られる忍者を使えばいいんですから」

「ところが、あの者たちは、いわば非常の者。特別な能力をとんでもない努力でつくり上げた、尋常《じんじょう》ではない者たちなので、民の気持ちを探るということは、あまり得意ではないのだ」

「なるほどねえ。だったら、あっしらが行きましょうか?」

丈次が三太を見て言った。

「そなたたちが?」

「じつは、今年あたり上方《かみがた》見物に行ってみたいなと言ってたんですよ。長崎の旅立ちには間に合わねえかもしれませんが、途中で行き合うことはできますでしょう」

「できるだろうな」

「幸い、これからはあったかくなって、火事もずいぶん少なくなるはずですので、頭領に頼めば、行かしてもらえると思いますぜ」

　丈次がそう言うと、

「だったら、あたしも行こうかしら」

　と、桃子姐さんが言った。

「なんと、桃子もか？」

「ええ。あたしもこの数年、働きづめでしてね。置き屋の女将《おかみ》さんからも、桃ちゃん、ひと月くらい休んで、箱根の湯にでもつかって来たらって言われてたんです」

「ふうむ」

「あっしらじゃ、お役に立ちませんかね？」

と、丈次が訊いた。

「そんなことはない。いや、そなたたちは、江戸の民を代表できるような、賢い者たちだということは、よくわかっている。そうか、それは妙案かもしれぬな」

「旅費はあっしらでなんとかしますし」

「いやいや、仕事として行ってもらうからには、むろん旅の費用はわしが出させてもらう。ただ、帳簿《ちょうぼ》にはきちんとした役名が必要でな」

それは、吉宗がつねづね厳命《げんめい》していることだった。勘定帳《かんじょうちょう》には、いい加減なことを書いてはあいならぬと。

吉宗はしばし考えて言った。

「そうじゃな、そなたたちの役目は……象は地上最大の生きもの……うむ。そなたたちは、臨時雇《やと》いだが、〈江戸城生きもの掛《がかり》〉としよう」

第六章　怪しき唐人《とうじん》屋敷

一

一方、長崎だが――。

夜になって、くノ一のあわびは、空樽《からだる》を積んだ荷車のわきに隠《かく》れながら、そっと出島《でじま》を出た。

久しぶりの外である。この十日ほどは、出島の各棟を、人目を避けながら転々としていた。

出入口には、二人の番人がいるが、あわびにはまったく気がつかなかった。目の前を歩いて行く野良《のら》猫に気を取られたのだろう。

野良猫は、出島の前の道を横切って、路地に入ると、

「ニャア」

と、人なつっこい声で鳴いた。そこには、〈野良の与惣次《よそじ》〉がいた。与惣次は、袂《たもと》から出した目刺《めざ》しの干物を猫に与えながら、

「よう。無事に出て来たか」

「与惣次さんのおかげです。その猫がうまく連中の気を逸《そ》らしてくれたから」

与惣次は、野良猫や野良犬など、そこらにいる生きものを、たちまち手なずけ、忍技《にんぎ》に利用する。〈野良の与惣次〉という綽名《あだな》の所以《ゆえん》である。しかも、つねづね自分もまた、野良の人間なのだと言っているらしい。

「なあに、お前なら猫なんかいなくても、かんたんに出て来られたよ。まったく、たいした腕だ」

「そんなことないですよ」

「すでに姉を超えてるんじゃないか」

与惣次は、あわびの町娘姿を見ながら言った。姉のあけびとはあまり似ていない。あけびというのは、目鼻立ちがはっきりした、極彩色《ごくさいしき》の美貌《びぼう》だが、妹のあわびのほうは、そっと整えられた感じの、淡色《あわいろ》の美貌である。

「それは無理ですって。そんなことより、伊蔵《いぞう》はもう江戸に？」

伊蔵というのは、江戸と長崎を往復している者で、恐ろしく足が速い。天候次第では、長崎を出て、五日ほどで江戸に着いてしまうという。

「む。もう上《うえ》さまに報《しら》せが届いているだろう」

「でも、まだ、誰がなんのためにということを調べなければなりませんね」

「見当はついたのか？」

「ええ。出島と唐人屋敷の両方に出入りできなければ無理でしょうが、それをやれる者は、そうそういません」

「というと？」

与惣次は、気味《きみ》悪そうな顔で訊《き》いた。

「通詞《つうじ》の方ならやれますよね」

と、あわびは言った。

「おい、まさか、あいつか？」

与惣次は目を瞠《みは》った。

「はい。加瀬《かせ》さまだったら……」

通詞の加瀬道三郎《みちさぶろう》は、子どものときから、まるでわが家のように、出島と唐人屋敷に出入りしてきた。それはいまも同じである。

「しかし、あいつが?」

見た目はいかにもお人好しで、間《ま》が抜けている。蘭語《らんご》や清国語《しんこくご》が達者《たっしゃ》でも、日本語は子どもみたいなところも、象を毒殺するなんてことができそうには見えない。

「そんなこと言ったら、あたしたちだって……」

見た目は、おっとりした町娘と、事務方の目立たない武士である。

「まあ、そうだが」

「ぜったい探るべきです」

「わかった」

「ただ、その前に、もう一度、唐人屋敷を探りましょう。象を取り巻く者に、怪しいやつらが交じっているかもしれません」

「おれもそう思う」

翌朝、二人は唐人屋敷に向かった。

「お前の姉も唐人屋敷には、何度ももぐり込んだはずだぞ」

歩きながら、与惣次は言った。

「そうですか……」

あわびはそっと、眉《まゆ》をひそめた。

「いまごろは権蔵《ごんぞう》といっしょに、どこぞの温泉にでもつかっているのだろう。まあ、頭領《とうりょう》にはずいぶん釘《くぎ》を刺されたようだから、権蔵もあけびには悪さなどしておらぬだろうがな」

「……」

湯煙《ゆけむ》り権蔵の噂《うわさ》は聞いている。くノ一たちにはきわめて評判がよくない。いっしょに仕事をした者は皆、「どうしようもない助平《すけべい》おやじ」と顔をしかめる。

そんな男と奥州《おうしゅう》へ向かった二つ歳上《としうえ》の姉のことは、心配でもあるが、そこに微妙《びみょう》な感情が混じるのは、自分でもどうしようもない。

桜田《さくらだ》屋敷で生まれ育ったあけびとあわびの姉妹は、どちらも幼いうちからその資質を認められ、将来を嘱望《しょくぼう》された。

ただ、姉には妙なところがあった。

両親や先輩たちからさまざまな訓練を課せられる日々のなかで、あわびが姉から聞かされるのは、こんな言葉ばかりだった。

「あたしは、くノ一なんか早く辞めたい。一刻も早く、この屋敷から出て行きたい……」

あわびはつねに、姉の愚痴《ぐち》と文句の聞き役だった。だが、そのわりに、姉の成長は目覚ましかった。十三、四歳くらいになると、

「あけびは、まれに見る逸材《いつざい》」

「ひさびさに天守閣《てんしゅかく》のくノ一が誕生するぞ」

などと、褒《ほ》めそやされるようになった。〈天守閣のくノ一〉というのは、三ノ丸や、二ノ丸どころか、天守閣にまで忍び込めるほどの技量の持ち主ということで、正式に認定されるわけではない。

「お姉ちゃん、愚痴ってばっかりいるわりには、どんどん腕を上げるね」

あわびがそう言うと、

「うん。どうなってるのかね」

あけびは不思議そうに言ったものである。

あわびのほうも、順調に能力を伸ばしていたのだが、つねに姉の技量と比べられ、なんとなくパッとしない、「もう少し頑張れ」と言われつづける日々だった。

そんな姉に不信感みたいなものを抱いたのは、三年前の、お庭番の忍技披露《ひろう》の会のときだった。これは不定期に行われるもので、そのときも四年ぶりに突然、開催されたのだ。

この会で頭領に認められた技は、上さまのご高覧にあずかるという名誉がかかったもので、四十過ぎた熟練者はともかく、まだ現場に出ることの少ない若い忍者たちは、皆、激しい闘争心を燃やした。開催の予告がふた月前になされると、そこからは得意の技を磨き上げるので必死になった。

あわびは、ひそかに編み出した、細い帯をヘビのように操《あやつ》って、先端の鉤《かぎ》で敵を攻撃するという技を夜な夜な稽古《けいこ》し、自分でも満足するような出来に仕上げることができた。

ところが、その披露の日。あわびの前に実演したあけびの技は、なんとあわびが編み出したものとそっくりで、しかも、同時に天空から手裏剣《しゅりけん》が降ってくるという、さらに凄《すご》い技巧がこらされていた。

あわびはそれを見て衝撃《しょうげき》を受け、その日は披露を辞退してしまった。一方、あけびの技は、頭領にも認められ、のちに上さまのご高覧にもあずかったほどだった。

あわびは、数日悩んだあげく、

「お姉ちゃん。あの帯の技、どうやって思いついたの？」

と、姉に問い質《ただ》してみた。

「なんか、パッと思いついたんだよ」

「そうなの」

あわびはそう言ったが、疑念は残った。

姉は、自分が編み出した技を盗んだんじゃないか――その思いは、いまも消えずにある。しかも、いつも愚痴ってばかりいるのは、あたしのやる気を削《そ》ぐためだったのではないか、とまで邪推《じゃすい》したりもする。

なにせ忍者は、裏切りに罪悪感は持たなくていいし、身内も信用してはいけないと、教え込まれるのだ。

あわびは、たった一人の姉のことは大好きである。その気持ちに偽りはない。でも、いまでは心底、信じることができない。それも事実で、そういう複雑な気持ちを抱えている。

二

与惣次とあわびは、唐人屋敷の前まで来た。

「では、なかでおりを見て会おう」

「わかりました」

互いにうなずき合って、別々に大門をくぐった。こちらは、出島と違って、門番はいるがいちいち誰何《すいか》したりしない。二ノ門の前までは誰でも入れるし、そこから先もさほど厳しくはない。

二ノ門の前には、野菜や魚の箱が並べられている。ここは市場のようになっているのだ。

唐人屋敷のなかには、常時二千人、多いときには三千人もの人間が暮らしているので、その分の食糧《しょくりょう》が必要とされる。近在の漁師や百姓にとっては、唐人屋敷は大のお得意さまなのである。

与惣次は、門番にひと声かけると、少しだけ開けてある門をくぐって、なかに入って行った。なかには、三年近く入り込んでいる幕府の手の者がいる。その者の名を告げたのだろう。

あわびは、ぼんやり野菜の売り買いを眺めていると、

「娘サン、ナカ、遊ビニ来ルアルカ?」

と、猫撫《な》で声で話しかけられた。

三十歳くらいの丸い笠をかぶった男である。色は白く、彫りの深い顔立ちをしている。唐人というより、南蛮人《なんばんじん》のようである。

「いいんですか」

あわびは目を輝かせてみせた。

男は見た目からして相当怪しい。

だいたい唐人屋敷にいるのは、唐人というか、清国人だけとは限らない。出島にいるのはほとんどがオランダ人だが、唐人屋敷には南蛮人まで含め、数十にも

及ぶ国の者がいる。ただ、いくら怪しくても、「これでも清国人だ」と言い張られたら、どうしようもない。

「あたし、茶道具が見たいの」

と、あわびは言った。

「オオ、茶道具、イイノアルヨ。見セテアゲルカラ、ナカニ入ルアル」

あわびは、男とともに二ノ門をくぐった。

「コッチ、コッチアルヨ」

男はあわびの手を引いて、北側の奥のほうへ引っ張って行く。

唐人屋敷は敷地こそ出島の倍以上あるが、建物の数も多く、かなり入り組んでいる。こういうところは、いったん忍び込んでしまえば、動き回るのはわりに楽なのである。

ましてや、丸山町《まるやま》から遊女が大勢、出入りしている。そればかりか、異国の物品欲しさに、いまのあわびのように、素人娘《しろうと》も入って来る。女の姿はまったく珍しくない。

「そんなに引っ張らないで」

あわびは男の手をほどいた。

「スグソコ、ソコアルヨ」

男が塀に囲まれた家を指差し、いそいそと歩みを進めた。

男の目が逸《そ》れた隙《すき》に、あわびはわきの土塀に手をかけたかと思うと、驚くべき跳躍力《ちょうやくりょく》で、土塀のなかに跳《と》び下り、小走りに敷地内を横切ると、二ノ門から外へ出た。もう、さっきの男からは、まったく離れてしまっている。

「娘サン、ドコデスカ?」

男の呼ぶ声が聞こえたが、あわびは肩をすくめ、南側の家並《やなみ》のほうへ向かった。


唐人屋敷には、長崎に来た当初に一度しか入っていないが、だいたいの配置は頭に入っている。まずは、象がいる小屋のほうへ向かった。

ちょうど象の餌《えさ》が届いたところで、世話役の者たちが餌をやっていた。周囲には、見物人も来ている。象を見たいと言ってくる町人は大勢いるし、見せてやるからとこづかい銭を要求する唐人もいたりする。あわびは、その見物人に交じって、象の周辺を観察した。

象は朝の歩行を終えて、餌を食べているところだった。鼻でつまんでは、絶え間なく口に入れる。猛烈な食欲である。桶《おけ》に入れてある草を、置いてある餌を、絶えずもぐもぐと食べているらしい。決まった食事の刻限というのはなく、このため一日で食べる草の量は、小ぶりの荷車に満載するほどになるという。ほかに、水も桶に三杯ほど飲む。

江戸までの道中では、先行する者たちが、寝場所や餌や水の手配について、宿場《しゅくば》に伝えておかなければならないだろう。

象の食欲を見ながら、

――これは大事業になるわね。

と、あわびは予想した。

世話役である宇助《うすけ》と吉兵衛《きちべえ》は、甲斐甲斐《かいがい》しく象の身体《からだ》を水で洗ってやっている。また、象使いの夫婦も、象に話しかけるようすが、まるで自分たちの子どもに接するみたいである。

――あの四人が牝《めす》象の暗殺に加担《かたん》したというのはないだろう。

あわびは確信した。

小屋の反対側には、いつのまにか与惣次も来ていた。いっしょにいるのは、唐人の世話役として入り込んでいる伊賀《いが》者で、いかにもこの町に溶け込んでいるふうである。伊賀者は、おもに阿片《アヘン》の出入りを見張っているという。

見物人は二、三十人ほどになっている。

「凄いでっかいなあ」

「化け物みたいだ」

「怖《こわ》いよう」

子どもたちの声がした。三人の子どもが、大人《おとな》に手を引かれて見物に来ていた。

ところがそのわきで、

「へっ。象なんか珍しくもなんともなか。おれなんか、毎日見とるばってん」

と、やはり子どもの声がした。こちらは近所の子どもらしく、よく肥えて、いかにもガキ大将といった風体《ふうてい》である。

すると、水を飲んでいた象が、いきなり鼻の先からピューッと水を吹き、それがガキ大将の顔にかかった。

「この象がこんな悪戯《いたずら》するなんて、珍しいなあ」

世話役の宇助がそう言うと、見物人からいっせいに笑い声が上がった。ガキ大将はなんとも情けない顔になってしまった。

ちょうどそこへ、通詞の加瀬道三郎がやって来た。加瀬は、あわびの横に立ち、象使いの男のほうに向かって、なにか言った。象使いは笑顔で答え、さらに二、三のやりとりがあった。

「凄いですねえ、南蛮人の言葉がペラペラですね」

あわびは加瀬のほうを見て言った。半分は追従《ついしょう》だが、半分は本気で感心している。

「え？」

加瀬はあわびをちらりと見て、目を輝かせた。かわいい娘と思ってくれたらしい。あわびは、いかにも若い男が好きそうな、清純《せいじゅん》そうな顔立ちに化粧を施《ほどこ》している。

「ご苦労なさったんでしょ？」

「してない、してない。自然と覚えた」

「そうなんですか！」

「ちなみに、あの男は、広南人《カンナン》だから、清国語は片言だけ。それと蘭語も片言だけわかる。だから、清国語と蘭語と交ぜて話した」

「蘭語もできるんですか！」

「あと、朝鮮語もわかるあるよ」

「すごぉーい。やっぱり、代々、通詞をなさっているお家なんですね？」

「違う、違う」

と、加瀬は手をひらひらさせ、

「おれは、子どものときから、出島と唐人屋敷に勝手に出入りしてたから、自然と覚えちまったあるよ。母親が、丸山の遊女だったから、いっしょにくっついて行くうち、どっちの異人たちにもかわいがられてね」

悪びれたようすもなく言った。

「でも、いまじゃ立派な通詞さまですよね」

「なあに、通詞といっても、おれは臨時雇《やと》いで、いつ馘《くび》になるかわからんよ」

「そうなんですか」

「役宅もいただいたが、ほとんど丸山の遊郭《ゆうかく》で暮らしているんだ。もともと丸山町内で育ったたし、遊女たちに育てられているうち、誰が母親なのか、わからなくなってしまったよ。そういう子どもは、丸山じゃ珍しくないけどな」

ひねくれたりもしていない。むしろ、人見知りせず、多くの人間の言うことを、上手《じょうず》に聞くことができる、素直な人間に育ったように見える。

――ほんとに、この人が……？

あわびはわからなくなってきた。

「江戸の人たちも象を見たら仰天《ぎょうてん》するだろうね」

加瀬は言った。

「ですよね」

「無事に江戸に着いてくれるといいあるね」

「……」

そっと顔をのぞいた。本気なのか。

以前、出島で多量の石見銀山《いわみぎんざん》（殺鼠剤《さっそざい》）がなくなったことがある。あれを餌に混ぜれば、象を殺すことは容易《ようい》だった。それができるのは、両方にかんたんに出入りできる者でなければならない。

長崎奉行所《ぶぎょうしょ》の下に、通詞は百人ほどいるが、オランダ通詞と唐通事《とうつうじ》に分かれていて、両方を使いこなす者は、そうはいない。

もしかしたら、この人はなにも知らずに、利用されているだけなのか。どちらにせよ、この人の背後には、まだ誰かがいる。

出島のオランダ人のほうは、だいたい身元はしっかりしている。ところが、清国人のほうは、どこの馬の骨かわからぬやつも交じっている。しかも、オランダ人と微妙に張り合ったり、手を結んだり、対立したりしているのだ。複雑怪奇《かいき》なことこの上ない。

「カセ！」

小屋の右のほうで、きらびやかな服を着た清国人が、加瀬を呼んだ。

加瀬は一瞬、眉をひそめ、

「じゃあ、またね」

名残《なご》り惜《お》しそうにあわびに言って、右手の奥のほうへ行ってしまった。向こうの一画には、清国の船長たちの住まいがある。ぜひとも探ってみたい場所である。

「加瀬と話してたな。どうだ？」

与惣次がそばに来て、小声で訊いた。

「わからなくなりました。夜になったら、奥を探ります」

あわびはそう言って、象の小屋から離れた。

三

唐人屋敷内の数軒の飯屋を回りながら夜になるのを待って、加瀬が行った奥のほうへ進んだ。方々で、酒に酔った男たちの声がしている。女の声は、丸山から来ている遊女たちだろう。

ひときわ大きな家の前に来たとき、

「オイ、女」

闇《やみ》のなかからぬうっと、巨漢が出現した。

「オマエ、昼間、カセト話シテイタ女アルナ。ナンカ怪シイアル」

巨漢は頭を見ると、辮髪《べんぱつ》なので清国人らしい。そういえば、象の小屋のところに、いたような気がする。

「あたしより、あんたのほうが怪しいよ」

「オマエ、ナンカ探ッテルアルナ？」

「あんたたちが、悪いことして、お金儲《もう》けてるんじゃないかと思ってね」

「長崎奉行所ノ密偵《みってい》アルナ」

「教えないよ」

じつは、そう思われたほうが都合《つごう》はいい。

「ダッタラ、生カシテ出スワケニハイカンアル」

巨漢は、腰に下げていた刀を抜き放った。それは見たこともないような幅広の大きな刀だった。

——たしか青龍刀《せいりゆうとう》といったはず。

斬《き》れ味は、日本刀とは比べものにならないくらい悪いが、それでもこんなものでまともに斬られたら、無事では済まない。

本気らしく、大きく振り回すように、二度、三度とあわびに斬りつけてくる。

そのつど、ヒュンヒュンと音がする。

剣が無駄《むだ》に大きい分、動きにもずいぶん無駄がある。あわびは、まるで踊りでも見るように、男の動きが見て取れる。

後ろに下がりながら、あわびはすばやく腰に巻いていた紐《ひも》をほどいた。帯とは別である。赤い色をした紐だが、じつは牛の皮を撚《よ》り合わせたもので、柔らかいうえに強靭《きょうじん》である。

長さは三間《けん》（約五・四メートル）ほどある。これをすばやく振ると、生きもののように動き出した。

「紐つばめ」

紐の先が宙を舞ったと思うと、斜めからすばやく、巨漢の額《ひたい》をかすめて過ぎた。

「ウッ」

巨漢の額から血が出ている。紐の先には、小さな刃物がついている。

「つづいて紐の波」

紐が波打つように地を這《は》って、巨漢の足首にからみつき、それを巻き上げるようにすると、巨漢は地響きを立てて、仰向《あおむ》けに倒れた。

「お見事」

後ろに与惣次が来ていた。

「殺すと面倒ですか？」

あわびが訊いた。

「そうでもないと思うがな」

「でも、後味《あとあじ》がよくないので」

そう言って、巨漢が起き直る前に逃げ出すことにした。

あわびと与惣次が、唐人屋敷から長崎奉行所立山《たてやま》役所へやって来ると、勘定《かんじょう》奉行の稲生正武《いのうまさたけ》が、玄関わきの部屋で考え込んでいた。

「稲生さま。どうかされましたか？」

与惣次が訊いた。

「うむ。先ほど会議があって、出発の日は、三月十三日と決まった」

あと五日しかない。

「早いですね」

「早くはない」

「われらとしては、まだ不安なことが」

「不安なことをまったくなしにしようとしたら、永遠に出発はできぬ」

「江戸へはどなたが？」

と、あわびが訊いた。

「この者たちだ」

と、稲生は紙を見せた。

まず、長崎代官の家来である小舳田八左衛門《おへだはちざえもん》と福井雄助《ふくいゆうすけ》。この二人が、道中の責任者となるらしい。福井は剣の達人《たつじん》として知られる。

象使いの夫婦と、宇助、吉兵衛の四人はもちろん同行する。ほかに小舳田と福井の手先となる足軽《あしがる》などが八人ほど付いて行くので、総勢十四人になっている。

稲生自身は、ひと足先に江戸へもどってしまうという。

「十四人？　少なくないですか？」

「まあな。ただ、これはもちろん、表向きの数。当然、そなたたちもあとを追うわな?」

「はい」

ほかに、数人のお庭番が江戸とのあいだを往復するので、同行するかたちになる。

「通詞の加瀬道三郎は行かないのですか?」

「いや、行く。加瀬は、予定では入っていなかったが、象使いの二人が不便をするだろうと、自費での同行を自ら買って出た。なので、正式な一行には入らぬが、ずっと旅を共にすることになる」

なにか不審《ふしん》な感じがする。

「この象の命も危ないかもしれませんよ」

あわびは、脅《おど》しではなく、そう言った。

「そんなことになったら……」

稲生は生きた心地《ここち》がしない。

第七章　権蔵《ごんぞう》を救え

一

さて、仙台藩《せんだいはん》の黒脛巾組《くろはばきぐみ》の手に落ちた湯煙《ゆけむ》り権蔵だが——。

敵に媚《こ》びたり、へつらったり、しらばくれたりしながらも、なんとかして脱出しようと、胸のうちで模索《もさく》している。舌を嚙んで死のうなどという気持ちは、爪《つめ》の垢《あか》ほどもない。

ここが温泉場、いやせめて風呂でもあれば、どうにでもできるのだが、部屋の隅《すみ》に竈《かまど》はあるが、火は入っていない。

「お前は、芭蕉《ばしょう》は密偵《みってい》だったと言ったそうだが、なにを探り当てたかも知っているのだろうな？」

黒脛巾組の頭領《とうりょう》が訊《き》いた。

「いや、そこまでは知らないよ。なにか探りに奥州《おうしゅう》に行ったとまでは聞いたけど、なんせ昔の話で、記録もどこかにいってしまって……それで、おれが、芭蕉はなんのために行ったのか、ちょっと調べて来いと言われただけなんだよ。それも、奥州の名湯《めいとう》につかりたい一心で……」

「信じられぬな」

頭領は、鬼面の下でせせら笑った。

「ほかにもなにか言われたかもしれぬが、近ごろは物忘れがひどくてな。朝、言われたことを、昼ごろにはすっかり忘れていたりするのだ。でも、温泉につからせてもらったら、思い出すかもしれないな」

物忘れがひどくなっているのは事実である。

「湯はあの世で入れ。お前なら、血の池の熱くなったやつに、とっぷりつかることができるわ」

「そんなこと言わずに」

「やかましい」

頭領は、足で権蔵の顔を蹴《け》った。

「だったら、おれは思い出せねえ」

さすがに権蔵もムッとして言った。

「大丈夫《だいじょうぶ》だ。言わせてやるから。幕府の隠密《おんみつ》がする拷問《ごうもん》と、われら黒脛巾組の拷問と、どう違うか思い知るがいい」

「ひぇっ……」

このやりとりを、軒下近くまで紐《ひも》にぶら下がって聞いていたあけびは、

――まずい。

と、顔をしかめた。あの権蔵が拷問に耐えられるわけがない。頬《ほ》っぺたでもちょっと針で突っつかれようものなら、知っていることはすべて、幕府の秘密から身内の赤恥に至るまで、洗いざらいしゃべってしまうに違いない。

――早く助けないと……。

あけびは思案をめぐらした。

せめて、相手が二、三人なら、まともに戦っても勝つ自信はある。だが、七人相手となると、よほどいい手を打たないと、勝つ望みはない。

あけびは、お庭番のなかでも屈指《くっし》の手裏剣《しゅりけん》の遣《つか》い手として知られるが、もう一つ、細紐《ほそひも》を自在《じざい》に使いこなすという忍技《にんぎ》がある。いま、紐を使って蜘蛛《くも》の糸のように宙に浮いているのも、その忍技の一環である。

——紐をどう使えば、七人相手に戦えるのか？

すばやく思案をめぐらすと、

——そうだ。

面白《おもしろ》い考えが閃《ひらめ》いた。

——紐で、この小屋を縛《しば》ってしまうか。

この小屋をがんじがらめに縛り、なかにいる者を出られなくするのだ。そうすれば、身体《からだ》を縛ったのと同じことになる。刀も手裏剣も使えないし、飯も水も摂《と》れなくなる。

——これはいいっ。

あけびはほくそ笑《え》んだ。

その場合、権蔵もいっしょに閉じ込められることになる。権蔵はすでに縛られているから、二重に縛られるわけだが、そう思ったら、つい笑ってしまった。

だが、閉じ込めているあいだに、こっちで湯を沸《わ》かし、その湯を小屋のなかに流し込んでやればいい。あのおっさんは、とにかく温泉や湯さえあれば、とんでもない忍技を繰《く》り出すことができるのだ。

ただ、紐は手持ちの分だけではまったく足りない。木のあいだに張った紐を回収しても充分ではない。しかし、紐というのはわりとかんたんにつくることができるのだ。

小屋のわきには、五頭の馬がつながれている。あの馬の尻尾《しっぽ》の毛を切り取れば、かなりの紐をつくることができるだろう。馬の尻尾の毛というのは、釣り糸にも使われるくらいで、柔《やわ》らかくて丈夫な、最高の紐になる。

さらに、周囲に竹藪《たけやぶ》もあるので、切った竹をうまく使えば、檻《おり》のように組むこともできる。向こうも、刀を突き出して、紐を切ろうとするだろうが、その対策にも利用できる。

――よしっ。

頭のなかで構想は固まった。

あけびはまず、竹藪に入って、細身の竹を切り出した。音を立てないよう、斜めに鋭《するど》く削《そ》いだ。たちまちにして、竹槍《たけやり》のようなものが三十本ほどでき上がった。

これらを、戸口や窓のところに斜めに立てかけるようにして縛れば、なかなから刀を突き出しても、あいだがあるので紐を切ることはできない。

さらに、馬の尻尾の毛を切り出した。五頭分だと、かなりの長さの紐を撚《よ》ることができる。毛がなくなった尻尾は、半分ほどの長さで、黒いツノみたいになった。馬も勝手が違うのか、やけに鼻息を荒くしている。

小屋のなかからは、笑い声が聞こえている。黒脛巾組の七人は、飯を食い始めたのだ。焦《あせ》って権蔵の口を割らせるつもりはなく、ひと晩かけてゆっくり白状《はくじょう》させるつもりらしい。

「おれにも食わせろ」

権蔵の喚《わめ》き声がした。

「洗いざらい吐《は》いたら、最後に飯ぐらい食わせてやる。武士の情けというやつだ」

黒脛巾組の一人が言った。

「へっ。忍者風情《ふぜい》が武士だと威張《いば》るのかい」

権蔵が言い返した。

「ほう。お前は武士ではないのか？」

「だから、おれは下《した》っ端《ぱ》の、なにも知らされていない下人《げにん》だと言っただろうが」

「ま、それはゆっくりな。こっちも拷問をやるには腹拵《はらごしら》えが要《い》るのでな」

「……」

あけびには、権蔵の情けない顔が目に浮かぶようだった。

――さて、急ぐか。

馬の尻尾の毛を結んで数本ずつ撚っていこうとしたときだった。

「あ！」

あけびの首筋に、冷たいものが当てられた。刃《やいば》だった。

二

――しまった……。

黒脛巾組がもう一人いたのか。近づいてくる馬の蹄《ひづめ》の音が聞こえないので、まるで警戒《けいかい》していなかった。

「そなた、ここでなにをしておる？」

落ち着いた声で男は訊いた。

「あ、いいえ。おらのご主人さまが、なんだかここに閉じ込められたみたいなんで……」

あけびは咄嗟《とっさ》に言い訳を模索した。

「ええ。おらの主人なんですが、怖《こわ》い人たちに連れ込まれたみたいで。それで、火でもつけてやったら、その隙《すき》に逃げてくれるかなと」

あけびは、怯《おび》えたふりをしながら、でまかせを言った。

「そなたの主人だと？　そういうことか。お頭《かしら》！　遅くなってすみません。喜《き》助《すけ》ですが、ここにもう一匹、ネズミがいましたぞ！」

男は小屋のなかに向けて怒鳴った。

「なんだと？」

小屋の戸が開き、黒脛巾組の者たちが顔を見せた。その後ろに、縛られて横になっている権蔵も見えた。

「お、喜助か。遅かったな。馬はどうした?」

「あれはどこか怪我《けが》をしたみたいなので、近くの百姓に預けてきました。それで、徒歩でやって来ましたら、この女がここに」

どうやら、こいつは一人だけ遅れて到着したところだったらしい。

「あ、お頭。こいつが権蔵といっしょに宿にいた娘です。ここまでつけて来たとは、やっぱり只者《ただもの》じゃなかったか」

「つけて来たわけじゃありませんよ。道に迷って山道をうろうろしていたら、ご主人さまが馬に乗せられて通り過ぎたので、どうしたのかと思いながらやって来たんです。あんたたちは、山賊《さんぞく》かなにかですか?」

あけびはなんとかとぼけようとするが、こういう小芝居は権蔵にはかなわない。

「ふっふっふ。小娘、とぼけるな。こういうときは、泣きながら首でも振りつづけたほうがそれらしいぞ」

頭領は笑って言った。

窓から見たときもそうだったが、頭領は鬼の面をつけている。飯のときはどうしているのか。だが、直視すると、あけびは妙なことに気づいた。着物の下には、生身《なまみ》の肌ではなく、布が当てられているみたいなのだ。さらに胴には鎧《よろい》の胴が、袴《はかま》の裾《すそ》を縛っているが、そこにも布が巻いてある。もしかして、きゃしゃな体型を隠《かく》そうとしているのではないか。

背中を押され、小屋に入れられたあけびに、権蔵が偉そうな口調で言った。

「捕まったのかよ。使えねえやつだなあ」

「あんたのせいでしょうが」

と、あけびは権蔵をののしりたいが、いまはそれどころではない。

「なにか持ってないか、よく調べよ」

頭領の命令で、あけびは素《す》っ裸《ぱだか》にされ、身体中を探られた。一人でやれる仕事を、寄ってたかってやっている。

じろじろ眺めてくるやつもいる。あたしは江《え》の島《しま》にある裸の弁天《べんてん》さまじゃないよと言ってやりたい。

髪はほどかれ、髷《まげ》のなかに隠しておいた小型の刃物も、奪われた。

最強の武器となる腰帯も取り上げられ、せめてもの情けなのか、あるいは素っ裸より色っぽく見えるからか、着物一枚だけ、羽織《はお》ることが許された。帯はなし。

それから後ろ手に縛られ、権蔵と並んで座らされた。

「ふう」

あけびはため息をついた。なんとも情けないことになったものである。

小屋の内部を見た。十畳分ほどの土間《どま》で、部屋の隅に、竈のほか、わずかな鍋釜と水甕《みずがめ》が置いてある。いちおう煮炊きくらいはやれそうだが、脱出に利用できそうなものは見当たらない。

——こりゃ、駄目《だめ》だわ。

あけびは、さっさと覚悟を決めることにした。わずか二十年そこその人生だったが、これも運命というものだろう。次に生まれて来るときは、なんとか大店《おおだな》の若旦那《わかだんな》といっしょになりたい。

ただ、殺されるのは仕方がないが、お庭番の秘密をぶちまけるような、みっともないことはしたくない。そこで、なにをされても白状しないよう、自分に暗示《あんじ》をかけることにした。

——あたしはただの町娘。お庭番などとはなんの関わりもない、一介《いっかい》の町娘……。

まもなくあけびは、顔つきから頭のなかまで、ただの町娘になっていた。

だが、権蔵のほうはそういう術はできない。頭のなかの大部分は、乏しいくせに誇りだけはある経験の記憶と、妄想《もうそう》と偏見《へんけん》でできているから、自己暗示などという新たな膜《まく》をかぶせるのが難しい。となると、頼みの綱《つな》は口先だけ。

「さて、そろそろ始めるぞ」

頭領はそう言って、奥の壁際にあぐらをかいた。

「どっちから始めます？」

手下《てした》が訊いた。

「権蔵のほうからでよい。悶絶《もんぜつ》するまでもなく、白状してくれるだろう」

「わかりました」

と、手下は権蔵の後ろに回った。

「いやいやいや、ちょっと待って、ちょっと待ってくれよ！」

権蔵は必死で喚いた。

「なんだ？」

「思い出すべきことは、もう、喉《のど》のあたりまで来てるんだって。だから、湯に入れてくれよ。おれは湯に入らないと、血が回らんのだ。湯に入れば、いままで見聞きしたことが、いっきに湧《わ》き出すこと嘘《うそ》偽りなしだぞ」

「こいつ、湯に入れろ、湯に入れろと、やけにうるさいですね。そういえば、綽《あだ》名《な》が〈湯煙り権蔵〉というんでしたね？」

手下は頭領に訊いた。

「それはおれが、温泉や湯が好きでたまらぬからなんだよ」

権蔵は慌《あわ》てて言いつくろったが、

「ふうむ。怪しいな」

と、頭領は権蔵を睨《にら》んだ。

「お頭。だったら、湯に入れるかわりに、熱湯を浴びせるというのはどうです？」

意地悪そうな顔をした、別の手下が言った。

「熱湯か。それは面白そうだな」

と、お頭が笑うと、

「熱いのは駄目だよ。湯には加減というものがあるでしょうが」

権蔵は怯えたような顔で言った。

だが、内心はほくそ笑んでいる。熱湯でもぬるま湯でも、湯ならなんでもいい。ふつうの人間なら火傷《やけど》するほどの熱湯でも、権蔵は平気なのだ。

そして、それを頭からかぶったとき、驚くような忍技が始まり、まもなくここにいる黒脛巾組は全滅する――。

水甕から鍋に水を移し、竈の下の薪《まき》に火をつけた。熱湯になるにはそう時間はかからない。

一方、あけびはうつろな目で眺めるばかり。町娘になりきってしまったいまは、権蔵の忍技のことなどすっかり忘れている。

竈にかけた鍋がぐつぐつ言い始めた。

「おい、そいつを素っ裸にしろ」

権蔵は縄を解《と》かれ、手が動かせるようになった。

——これで大丈夫だ。

と思ったとき、

「これはなんだ？」

手下の一人が首をかしげた。手にしているのは、権蔵からむしり取った汚いふんどしである。

「どうした？」

「この紐のところに、ほら」

油紙にくるんで丸めたものが差し込まれている。

取り出してみると、

「お頭、秘密の文書を見つけましたよ」

「どれどれ」

それには、

「仙台藩に莫大《ばくだい》な隠し金が在ること疑いなし。その場所はおそらく平泉界隈《ひらいずみかいわい》。もしも大きな象あらば、秘匿《ひとく》せし大金塊《だいきんかい》を得ることもできるはず」

と書かれてあった。本来、忍者は文書などはできるだけ持ち歩かない。こんなふうに見つかる場合があるからである。

「これは、なんだ?」

頭領は権蔵を見て訊いた。

「なんだろうな。だいたい、そのふんどしはおれのではない。与惣次《よそじ》という同僚から借りたものでな。そいつに訊いてみてくれ」

「くだらぬことをぬかすな」

「そんなことより、あんたたち、おれに熱湯をかけるんじゃなかったのか?」

権蔵は、煮えたぎり出した鍋を指差した。

だが、頭領は、もう一度、この文書を読み、

「どうやら、なにかを書き写したようだな。おそらく、元は江戸城の文書蔵にあったものではないかな」

さすがに黒脛巾組の頭領は鋭い。

「誰かに届けるための文《ふみ》なのか、もしかしたらこやつのことだから、自分のための備忘録《びぼうろく》として書いたのかもしれぬな」

まさにそのとおりである。近ごろ忘れっぽいので、念のため書き記《しる》したが、わ

れながら情けない。

「とにかくこれは、急いで殿にお伝えせねば。こやつらも連れてゆくぞ」

「熱湯はどうします？」

「それどころではないな」

竈の火は消され、出発の準備が始まった。

三

権蔵とあけびは、身柄を仙台市中へと移されることになった。後ろ手に縛られ、馬に乗せられた。

「目隠しはどうします？」

手下が頭領に訊いた。

「必要あるまい」

どうせ成敗《せいばい》されるのだからという含みは明らかである。

早朝、馬群《ばぐん》は山道を駆け下り、街道に出るとさらに鞭《むち》を入れ、やがて春真っ盛りの仙台平野に出た。

仙台藩六十二万石《ごく》。加賀《かが》藩、薩摩《さつま》藩に次ぐ屈指の大藩である。しかも、六十二万石は表高《おもてだか》で、実質は百万石をはるかに上回り、二百万石にも迫るほどだったらしい。この地で収穫される米が江戸に入らなかったら、江戸では餓死者が続出する。

藩祖は、独眼竜《どくがんりゅう》と綽名された伊達政宗《だてまさむね》。この人の登場があと少し早かったら、戦国地図もこの国の歴史も、まるで違っていただろう。

当然ながら、幕府もこの外様《とざま》の大藩には注意を怠《おこた》らない。じつは、これまで何度も廃藩の危機があった。なかでも、三代藩主綱宗《つなむね》のときに起きた、いわゆる伊達騒動のときは、幕府の密偵もずいぶんと入り込んだものだった。

仙台城が見えてきた。

青葉山《あおばやま》の上に本丸が築かれている。天守閣《てんしゅかく》こそ造られていないが、その威容《いよう》はこの藩の実力を示してはばからず、江戸の千代田《ちよだ》城と比べても劣らない。ただ、山上の本丸は行き来に不便なため、藩主はもっぱら山裾の二ノ丸を使用していた。

黒脛巾組一行は、いったんは二ノ丸の門をくぐったが、なぜかすぐに馬首を翻《ひるがえ》し、城外に出た。今度は、川沿いの道を西の山奥に向かって行く。

「おいおい。もしかして、秋保《あきう》温泉かあ？」

権蔵は思わず喜びの声を上げた。

奥州屈指の名湯である。独眼竜政宗もこの温泉を愛し、藩主のための御殿湯《ごてんゆ》もつくられている。

「殿が昨夜、静養のために向かったそうなので、お前たちもそっちへ連れて行く」

手下が言った。いつのまにか頭領の姿は見えなくなっている。

「頼む。秋保温泉にせめて足だけでもつからせてくれ。あの湯の気持ちよさは忘れられんわ」

権蔵は卑屈《ひくつ》な口調で言った。

「ま、お前の答え次第だろうな」

まだ期待は持てるらしい。

一行は、山間《やまあい》にある湯煙り漂《ただよ》う温泉場に着いた。秋保温泉は、湯の癖はあまりなく、無色無臭に近いが、それでも権蔵は鼻を鳴らし、

「おう、匂う、匂う。まさに秋保の湯だ」

と、言った。

あけびのほうは、さっきまで町娘になりきっていたのだが、湯煙りを見るうち、希望の火が灯《とも》って、本性《ほんしょう》がもどってきたらしく、

「ねえ、権蔵さん。湯煙りだけで、なんかできないの?」

と、せっつくように小声で訊いた。

「これくらいじゃ無理だ。もうちょっと濃くなってくれないとなあ」

「使えないおっさんだな」

これは声に出さずに言った。

二人は馬から降ろされ、背を押されながら、広場のようなところの端に座らされた。

正面の向こうに立派な建物が見えている。

その建物の二階の窓で、

「あやつらが幕府の密偵か」

そう言ったのは、当代の仙台藩主伊達吉村《よしむら》だった。

政宗から数えて五代目に当たる。数々の施策《しさく》は功を奏し、危機に陥っていた財政を見事に立ち直らせた。藩祖以来の名君として、その名を藩の内外に知らしめた。

すでに齢《よわい》五十。だが、痩軀《そうく》であり、若き日の美貌《びぼう》はいまだ衰えを見せない。

「おなごのようにやさしげな」

とも言われた。

それを耳にしたとき、吉村は、

「しかも、おなごのように怒ると怖いぞ」

と、笑って言い返した。

頭脳はきわめて鋭利《えいり》である。重臣たちの報告には、覚書《おぼえがき》を取りながら耳を傾け、納得のいかないところはとことん問い質《ただ》した。

藩祖政宗への敬愛の念は、神信心《しんじん》の域にある。遺された言葉を復唱し、亡くなるまで胸に宿していたであろう無念の気持ちを理解した。藩祖は国祖になろうとしたのだし、またなるべきだった。

その無念は晴らしたい。

「しかも、このようなものを持っておりました」

伊達吉村のわきに控えているのは、ひと足先に到着していた黒脛巾組の頭領だった。

頭領は鬼面を外《はず》しているが――。

なんと、頭領は女だった。それも、鬼面とは似ても似つかぬ、やさしげで、はかなさすら感じさせる、桜花のような美貌だった。この正体を知るのは、黒脛巾組の者でもほんの数名に過ぎない。

伊達吉村は、渡された文書をすばやく読み、眉《まゆ》をひそめた。

「誰かに届ける文かと思ったのですが、どうやらおのれのために書き写したもののようです。ちと、頭がぼんやりした男ですので」

「そうなのか」

「それより、殿。この、莫大な隠し金があるという話はまことなのでしょうか？」

吉村はしばし思案したが、

「まことだと思う。藩祖貞山公《ていざん》（政宗）も、そのありかを探していたらしい」

「やはりそうですか」

藩主にさえ、しかとは伝わっていない伝説のような話だった。

「もし、それを見つけていたら、貞山公は間違いなく、天下をわが物となさっていただろう」

吉村は悔《くや》しげに言った。

「それにしても、芭蕉はそこまで探っていたのですね」

「うむ」

「もはや言っても仕方のないことですが、やはり消すべきでした」

「消そうとしたが消せなかったのだ」

「芭蕉はそれほどの者だったので？」

「そうらしい。それと、従者のほうもな」

「そうでしたか」

「それより、『大きな象あらば』というのはどういう意味だろう？」

「あ」

　黒脛巾組の頭領はなにか閃いたらしい。

「どうした？」

「先ごろ、公方《くぼう》が象という南蛮《なんばん》の生きものを長崎に入れたそうです」

「象というのは、伝説の生きものではないのか？」

「いえ。本当にいるようです。とんでもなく大きな生きもので、一頭が家一軒分ほどにもなるらしいです」

「なんと……」

　伊達吉村の顔色が変わり、呻《うめ》くように言った。

「もしかしたら、吉宗は、わが藩にあるはずの秘宝を略奪《りゃくだつ》しようとしているのか」

第八章　独眼竜《どくがんりゅう》の無念

一

こちらは長崎――。

勘定奉行《かんじょうぶぎょう》稲生正武《いのうまさたけ》は、象の一行より三日ほど先に江戸へ向かって発《た》つことになった。

とにかく、ここにいると、心配ごとで胸がつぶれそうである。

稲生は心配ごとがあると、大きなソロバンを手にして、これをパチパチはじくという癖がある。計算をするのではない。無意味に指をせわしなく動かし、パチパチという小気味《こきみ》いい音を聞くと、いくらかでも気は休まるのだ。

ただ、ソロバンならなんでもいいわけではなく、自分の愛用のそれでなければいけない。十四のときから愛用してきたそれは、もともと安物だったのが、手垢《てあか》と手脂で黒檀《こくたん》みたいになっている。

硬直した表情でソロバンをはじく稲生を見て、

「どうした、稲生？　なにか心配ごとでもあるみたいだな？」

と、長崎奉行の三宅周防守《みやけすおうのかみ》が声をかけてきた。

「心配ごとだらけだ。まずは、経費なのだがな、どう計算しても予想をはるかに上回る金額になりそうなのだ」

「やっぱりそうか」

「それで、象の見物料をとってよいと許可することで、餌《えさ》代や宿代を宿場《しゅくば》におっつけるという方法も考えてみた」

「お、それはいいではないか」

「だが、昨年、街道の整備で負担をかけたところも多くてな、また金を負担させるようなことがあれば、街道筋に不満が蔓延《まんえん》するかもしれぬ」

「ははあ」

「となると、象なんか死んだほうがいい、などといった不逞《ふてい》の輩《やから》も、かならず出てくるに違いないのだ」

「なるほどな」

そもそもが、こっちに来ているお庭番たちによれば、すでに象の暗殺の不安まであるという。

もし、稲生が象の一行について行くと、暗殺などという事態が起きた日には、責任がわが身にのしかかってくるだろう。それを避けるためにも、先に上《うえ》さまのそばに行ってしまいたい。

「宿場が駄目《だめ》なら、越後屋《えちごや》とか大丸屋《だいまるや》といった豪商の誰かに、象の経費を払わせるという手はどうかとも考えたのだ」

と、稲生は言った。

「豪商にな。それは名案だな」

三宅は、手を叩《たた》いて言った。

「ふっふっふ。名案だろう」

稲生は自慢げにうなずいた。経費節約の案を考えることは、得手《えて》でもあり、生き甲斐《がい》でもある。

「ああ。あの連中なら、それくらいのかかりはなんともないだろうし、しかも逆に象を商売に利用したりするかもしれないな」

と、三宅は言った。

「もどる途中、大坂、京都、名古屋の豪商たちに相談しながら帰ってもいいな」

「であれば、象の一行といっしょに帰ってもよいのではないのか?」

「え……」

三宅は、恐れていた提案を出してきた。

「慌《あわ》てて旅立たなくても、せめて象の出発は見送るとか。あいつらも、お前がいればなにかと安心だろうよ」

「まあ、そうなのだろうが、上さまがわしといろいろ打ち合わせをしたがっているらしいのでな」

稲生は、にじみ出た汗を拭《ふ》きながら言った。じっさい、逃げるように旅立つことには後ろめたさもあるのだ。

「ははあ。さては、お前……」

三宅は、お前の魂胆《こんたん》はわかったというように、ニヤニヤ笑って稲生を見た。

と、そこへ——。

「稲生さま。明日はお発ちだとか」

と、お庭番の与惣次《よそじ》とあわびが姿を見せた。

「うむ。象も心配だが、江戸のほうでわしが沙汰《さた》せねばならぬことも多いのでな」

稲生は三宅をチラリと見て言った。

「じつは、稲生さま。あたしは、あの象がなにか、只者《ただもの》ではない気がするのです」

と、あわびが言った。

「ぞ、象が只者ではない？　どういう意味だ？」

「それがうまくは言えないのですが……たとえば、腕の立つ剣術遣《づか》いだと、いるだけでなにかの気配を発しますよね」

「……」

稲生は剣術のほうはさっぱりなので、うなずくこともできずにいると、

「それはわかる気がするな」

と、三宅が言った。

「あの象も、それに近い不思議な気配を発するのです」

あわびの言葉に、与惣次もうなずいた。

象が只者でないとは、お庭番たちはまたおかしなことを言い出したものである。稲生はますます気が重くなった。

すると、そこへ、

「ただいま、もどりました」

と、軽く息を切らしながら、お庭番の伊蔵《いぞう》が現われた。

「え？　そなた、もう江戸に行って来たのか？」

「はい」

いくら、お庭番きっての韋駄天《いだてん》と言われる伊蔵でも、早過ぎるのではないか。

ここを出たのは、数日前だった気がする。

「お前は天狗《てんぐ》か？」

呆《あき》れたように稲生は言った。

「江戸には要件を伝えただけで、一刻《いっとき》（約二時間）しか滞在《たいざい》しませんでしたので」

「休まなくて大丈夫《だいじょうぶ》なのか？」

「なあに、おれはまだ若いですから」

伊蔵は、あわびをチラリと見て言った。あわびが、ふんとそっぽを向いたところからすると、十七のあわびより若いのかもしれない。

「でも、伊蔵は早過ぎて、逆にしくじりもあるんですよ」

あわびは言った。

「そうなんです。今度もあやうく江戸を通り越しそうになって、千住大橋《せんじゅおおはし》を渡りきったところで、ようやく気づいてもどりました」

「……」

「しかも、あんまり速く走ると、気持ちが追いついて来ないときがあって」

「気持ちが追いついて来ない？」

「ええ。身体《からだ》は江戸に着いても、気持ちはまだ富士が見えるあたりでぐずぐずしてたりして。気持ちが来るまで一日、ぼんやりしていたこともありました」

「……」

まったく、この者たちは尋常《じんじょう》な人間ではない。

「それで、なにか伝言はあったのか？」

「直接、お会いしたのは一甚斎《いちじんさい》さまだけでしたが、上さまは象の到着をたいそう楽しみにされているそうです」

「さようか……」

そういうことを言われるほど、心労はつのる。旅立つ日の稲生の顔といったら、まるで棺桶《かんおけ》から出てきたようになっていた。

二

一方——。

江戸の丈次《じょうじ》たちも旅立つ支度《したく》が整った。

旅立ちは早朝というのがふつうだが、吉宗《よしむね》から昼の四つ（午前十時）ごろにするよう、達しがあった。吉宗が富士乃湯《ふじのゆ》に入りに来るので、そこで見送ってくれるというのだ。

「すまんな。そなたたちに面倒な仕事を押しつけたりして」

湯舟のなかで、吉宗は言った。

「とんでもねえ。あっしらが青井《あおい》さまが望むようなことを、ご報告できるのかどうか。そっちのほうが心配でして」

「そんなに硬くならなくてもよい。それより、それぞれで毎日、目についたことを日誌のかたちにしてくれたら、わしもいろんな光景を想像することができるだろうな」

吉宗がそう言うと、三太《さんた》一人が、

「えっ」

と、絶句した。

「どうした、三太？」

「あっしは無筆《むひつ》でして」

「なあに、字が書けなくても、下手《へた》な絵ぐらいは描けるだろう。それでよい」

「わかりました」

三太は胸を撫《な》で下ろした。

「明日、長崎から象の一行が旅立つそうじゃ」

今日は、三月十二日（旧暦）である。

「すると、京都あたりには？」

丈次が訊《き》いた。

「予定では、四月の二十日あたりと申しておったが、あくまでも予定だからな」

もはやぐずぐずしてはいられない。できれば、九州を出る前にでも、象の一行と行き合いたい。

丈次たちは湯から上がって、衣服も身につけた。

「では、青井さま」

「うむ。これは旅の資金じゃ」

吉宗は用意しておいた包みを、丈次に手渡した。ずしりと重い。

「いえ。それくらい、自分たちで」

「遠慮せず持って行け」

「はい」

「身体には気をつけるようにな。お庭番にも、そなたたちのことは報《しら》せておく。

困ったことがあれば、その者たちに相談するがよい」

　まさに至れり尽くせりではないか。

　富士乃湯を出て歩き出した桃子《ももこ》に、

「その背中の三味線《しゃみせん》は、置いてったほうがいいんじゃないかい?」

と、丈次が言った。桃子は旅支度のほかに、三味線を持って行くつもりなのだ。

「それが駄目なの。三味線というのは、一日弾《ひ》かないでいると、勘《かん》が鈍《にぶ》っちまうものなのよ」

「ふうん」

「それに、あたしの芸が役に立つときだって、あるかもしれないでしょ」

「あるかねえ」

　丈次も三太も、そんなことはないだろうという顔で、首をかしげた。

　ふつうの旅人なら、江戸から京都まで、だいたい十三、四日で行く。丈次と三太は、火消しの稽古《けいこ》や鳶《とび》の仕事で足腰を鍛《きた》えているから、急げば八日くらいで走破する自信はあるが、桃子姐《ねえ》さんがいっしょではそうはいかないだろう。なんとか十一日か十二日で京都までという皮算用だった。

ところが、その桃子の足取りが意外に軽やかなのである。

「桃子姐さんの健脚にはびっくりだぜ」

丈次は感心して言った。

「あら、だってあたし、旅のことが決まった日から、足を鍛えておいたんだもの」

「どうやって鍛えたんだい？」

「足の鍛錬《たんれん》には坂道の上り下りがいちばんなの」

「そうだな」

「でも、日本橋《にほんばし》あたりは坂道ってないでしょ」

「坂道は、九段《くだん》まで行かないとないよな」

「でしょ。ところが、よく考えたらあったの。ほら、遠州《えんしゅう》屋のご隠居《いんきょ》さんのとこ」

「ああ、あの塀を回した大きな家」

「あそこの庭に、けっこうな築山《つきやま》があるの。富士を模したとかで、高さも一間半《けん》（約二・七メートル）ほどあるのよ。そこを登らせてもらうことにして、今日まで毎日、えっちらおっちら」

「あのケチ爺《じい》さんが、よくやらせてくれたね」

三太が言った。

「前から、差し向かいで端唄《はうた》を教えてくれって頼まれてたので、それを引き受けたかわりにね」

「なるほどねえ」

桃子も人知れず努力をしていたのだ。

ふつう、遊びや行楽を兼ねて旅の初日は品川《しながわ》に一泊するが、三人は、そのまま先を急いだ。

吉宗は、馬でも駕籠《かご》でも遠慮なく使うようにと言ってくれたが、あんなものはかえって疲れる、それよりは、道中は精のつくものを食ったほうがいい——と、三人の意見も一致した。

その日のうちに保土ヶ谷《ほどがや》に到着して、ここで一泊目。逸《はや》る気持ちで翌朝も旅立ち、二日目の夕方には、潮風に吹かれながら大磯《おおいそ》あたりを歩いていた。女連れにしては、かなり速い。

「まだ象の噂《うわさ》は聞かねえなあ」

丈次が言った。

「そもそもみんなは象を知らねえもの」

三太は、自分だってこのあいだまで知らなかったくせに、偉そうに言った。

「そんなのが来ると聞いたら、逃げちゃうんじゃないの」

桃子はそれがふつうだというように言った。

「それより腹減らねえか？」

「減ったねえ」

「なんか食べようか」

大磯宿までは少しあるが、海沿いに獲《と》れたての魚や貝を食べさせる屋台が出ている。

「お、うなぎの串焼きを売ってるぜ」

「いいねえ」

「あたしは、うなぎは脂《あぶら》っこいから、それよりもあっちがいいわ」

桃子が指差したのは、かまぼこを売る屋台。

「かまぼこなら小田原《おだわら》だろ。今晩泊まるから、いくらでも食えるぜ」

と、丈次が言った。

「小田原でも食べるけど、いまも食べたいの」

というので、丈次と三太はうなぎの串焼き、桃子はかまぼこの切り身を食べた。

「どうだい、かまぼこの味は？」

「うん。ちょっと変わった味なの」

「そりゃそうだよ。よく見てみな。かまぼこじゃないよ、かめぼこって書いてあるぜ」

「なあに、かめぼこって？」

「亀の肉なんじゃないの」

「やあだ」

もう食べてしまっている。

やはりこれがよくなかったらしく、小田原宿ではまだ症状は出なかったが、翌朝、箱根《はこね》の山道を上り出して、もうじき関所《せきしょ》が見えてくるころ、

「あ、いたた……」

桃子はひどい腹痛に襲われた。

「ね、あたしを置いて、先に行って」

桃子は顔をしかめながら言った。今日中に、難所の箱根山を越えてしまうのが目標だった。

「そうはいかねえ。ついでってもんだ。この際、箱根の湯につかっていこうじゃないか」

丈次はそう言ったが、ここらに温泉らしきものは見当たらない。と、そこへ、大きなカゴを背負った年寄りが通りかかった。

「どうした？　具合でも悪いかね？」

「うん。連れがな。温泉で休ませたいが、ここらにはないだろう？」

「ないことはない。おらの家にも温泉は湧《わ》いてるよ。人間は入りたがらないだけでな」

「どういう意味？」

「猿や鹿が入るんで、人は嫌なんだとよ」

年寄りがそう言うと、桃子は、

「あたしは、そんなの平気よ」

「おや。かわいい顔して勇ましいおなごだな」

「だいたい、温泉の多くは、山の生きもののおかげで見つかったって聞いたことがあるわ。傷ついた獣《けもの》が、そこで怪我《けが》を治したんだって」

「そういうことだ」

年寄りは嬉《うれ》しそうにうなずいた。

「そこは泊まれるのか？」

丈次が訊いた。

「泊まろうと思えば、泊まれるだ」

「食いものは？」

「キノコ汁でよかったら、出してやるだ」

背負ったカゴには、キノコや山菜がどっさり入っている。

「近いのか？」

「ああ、すぐそこだ」

丈次が桃子を背負い、ついて行くことにした。

街道から外《はず》れた山道を上り、すぐそこというほど近くはなかったが、

「そこがおらの家だよ」

指差したあたりには、なるほど湯煙《ゆけむ》りが漂《ただよ》っている。家は粗末な樵《きこり》小屋だが、小さくはない。

その家の裏手に回ると、

「ほう」

岩のあいだからあふれる白濁《はくだく》した湯が、富士乃湯の三倍はありそうな湯溜《ゆだ》まりをつくっている。

「ここは、なんて名前の温泉なんだ？」

「名前なんかねえ。おらの湯だよ」

どうやらたいした秘湯を見つけたらしかった。

三

こちらは江戸——。

吉宗はこの日も富士乃湯にやって来た。もともと今日がここに来る予定になっていて、一昨日は急遽《きゆうきよ》、丈次たちを見送るのに出て来たのだった。

もちろん、老中《ろうじゆう》の水野忠之《みずのただゆき》と安藤信友《あんどうのぶとも》もいっしょであるが、ひどく物足りない。それはお城の湯に入るよりは、ずっと清々《せいせい》するのだが、丈次たちのいない富士乃湯は、湯が半分ほどに減った気がする。

町の湯屋《ゆうや》の楽しみというのは、仲間との語らいにもあることを実感する。いくら気のおけない家来でも、水野や安藤相手では、あそこまでくつろぐことはできない。

〽アサリ獲れたか　ハマグリゃまだかいな
アワビくよくよ　片思い

端唄《はうた》だった。

丈次たちの真似《まね》をして、湯舟で唸《うな》ってみる。これは、桃子から教えてもらった

吉宗の意外に渋い声が、湯屋のなかに響いた。洗い場のほうにいた水野と安藤も顔を見合わせてにんまりする。吉宗の機嫌《きげん》がよければ、側近の者もやはり嬉しいのだ。

と、そこへ、見覚えのある年寄りが入って来た。見覚えはあるが、老中二人にとっては、楽しい知り合いではない。お庭番の頭領《とうりよう》、川村《かわむら》一甚斎。どうやら、吉宗に急用があって来たらしい。

水野が前に立ちはだかり、

「そなた、身体をよく洗って入るようにな」

と、顔をしかめながら言った。

「どうしてですかな？」

「この前のように、脂を出されたら、上さま……おっと、大殿《おおとの》さまの入っておられる湯が汚れるだろうが」

「大丈夫。あれは、出そうとしなければ出ませんから」

一甚斎はサッと水野のわきをすり抜け、ざくろ口をくぐって湯舟に入った。

「お、一甚斎ではないか。どうした？」

吉宗の、せっかく柔《やわ》らかくなった身体が、鎧《よろい》を着たように硬くなった。

一甚斎は湯舟に顎《あご》までつかると、こう言った。

「じつは、以前から仙台《せんだい》に潜入《せんにゅう》しているわがほうの者から報せが来たのですが、来るはずの権蔵《ごんぞう》とあけびがまだ現われないそうです。なにかまずい事態になったかと思われます」

「あやつのことだ。途中の温泉でゆっくりしているのではないのか？」

吉宗も、半分はそのつもりで、今回の指令を与えたのである。

「いえ。飯坂《いいざか》の湯に到着したのはわかっていまして、そこからの足取りがつかめません。たぶん黒脛巾組《くろはばきぐみ》の動向からすると、捕まったかもしれないとのことです」

「黒脛巾組の動向？」

「連中のうちの何人かが、仙台城の二ノ丸に慌ただしく出入りして、後ろ手に縛《しば》られた男女が馬に乗せられているのを見たという者もいたそうです」

「男女とな……」

権蔵には、くノ一のあけびをつけてやった。それは権蔵とあけびかもしれない。

「黒脛巾組というと、伊達《だて》の子飼いの忍者たちだったな?」

吉宗は記憶を探るようにして言った。

「ええ」

「腕が立つらしいな」

「それはもう。なにせ、あの伊達政宗《まさむね》が手塩にかけて育てた忍者たちですから、凄《すご》いものです」

お庭番の頭領が、ここまで手放しで評価するのはめずらしい。

「どう凄い?」

「恐れながら、上さまには紀州《きしゅう》藩主のころ、熊野《くまの》の奥に暮らしていたわれらにお声をかけられ、直属の隠密《おんみつ》として抜擢《ばってき》していただきました。むろん、それぞれ忍技《にんぎ》に自信はありますが、なにせわれらは熊野というさほど広くもない地域に生まれた者たち。ところが黒脛巾組は、政宗が広大な奥州《おうしゅう》一円から、名だたる異能の者どもを集めたのです。しかもそこには、蝦夷地《えぞち》の者も交じっていたと」

「蝦夷地からもか」

「かの地は、想像を絶するような寒冷の地であり、やつらはそこで鍛え上げた身体と忍技とを伝えてきたといいます」

「寒さで鍛えた忍技とはどのようなものじゃ？」

「たとえば、冬の冷たいお濠《ほり》の底を伝《つた》って、城の奥深くにまで侵入して来るとか」

「なんと……」

「もし、本気で敵に回すとなると、われらもよほど覚悟せねばならぬでしょうな」

一甚斎は、縁の下を吹く隙間風《すきまかぜ》のような声でそう言った。

「それにしても、松尾芭蕉《まつおばしょう》という者は、よくもそのようなところへ潜入し、秘密を探り当てたものだな」

と、吉宗は改めて感心したように言った。

その秘密の文書は、有名な『おくのほそ道』の前に書かれたものだが、幕府に提出される際に、何者かに奪われ、それが最近になって、お庭番の本拠となっている桜田《さくらだ》屋敷の文書蔵から見つかったのだった。その経緯《いきさつ》はともかく――。

報告書自体はさほど長いものではなかった。伊達家の歴史だけでなく、かつての藤原《ふじわら》氏の栄華《えいが》の歴史なども、文人《ぶんじん》らしい装飾の多い筆致で記《しる》され、場所の特定こそなされなかったが、莫大《ばくだい》な金塊《きんかい》が伊達の領地内に秘蔵されているのは確実と結論づけていた。

しかも、伊達家ですら、そのありかを特定できていないというのだ。

吉宗はこれを読み、多大なる興味を抱くとともに、処置については迷いも生じたものだった。

伊達家内部でも、おそらく伝説のような話になってしまっているのだろう。それをいまさら、探ろうとすれば、幕府と伊達家のあいだが、なにやらきな臭いことになるのではないかと。

だが、吉宗の性格から、好奇心のほうがまさり、しくじってもともとと、湯煙り権蔵に指令を発したのだった。

「あの手柄《てがら》は、芭蕉のものというより、同行した河合曽良《かわいそら》のものだったようです」

　と、一甚斎は言った。

「そうなのか」

「黒脛巾組に捕まったとしたら、さしもの権蔵もどうなることか、わたしも心配しております」

「だが、奥州には温泉も多いだろう。温泉があれば、権蔵は無敵だ」

「手の内を知られていなければよいのですが、なにせ権蔵は、まぬけなところがありますから」

「そうだな。それに、かつて、黒脛巾組の者が、当家に入り込んでいたらしいしな」

　吉宗がそう言うと、

「上さま。それをどこで？」

　一甚斎の顔色が変わった。

「どこで聞いたかは忘れた。本当なのか？」

「いや、それは、はっきりしない話でして……」

冷徹で鳴る一甚斎が、いつになくしどろもどろになっているのは、奇妙なことであった。

第九章　象が行く道

一

長崎では――。

享保《きょうほう》十四年（一七二九）三月十三日の明け方に、象は唐人《とうじん》屋敷の小屋を出た。まだ、東の山の上部が薄青く染まり出したばかりのころである。

象は、こんな朝早くに小屋を出たことがないからか、それとも九か月ほど過ごしたこの小屋とは、これでお別れだというのを感じたからなのか、屋敷の門を出たとき、

「プォーイ」

と、いつになく長々と吠《ほ》えた。

ここから長崎奉行所《ぶぎょうしょ》まで挨拶《あいさつ》に行き、それが正式の出発となる。象の背には、象使いの潭数《たんすう》が乗り、一行十四人は厳《おごそ》かな面持《おもも》ちで、長崎奉行所西役所へと向かった。

門前は人だかりだった。正式に報《しら》せなど出していないのに、今日が象の出発と知って、町人たちが大勢、見送りに来ているのだった。

門の前には、長崎奉行の三宅周防守《みやけすおうのかみ》と、長崎代官の高木作右衛門《たかぎさくえもん》が、やけににこやかな顔で待っていた。本来なら、勘定《かんじょう》奉行の稲生正武《いのうまさたけ》もいておかしくないが、稲生は三日前に江戸に向かって旅立っている。三宅と高木が、長崎から象がいなくなるのが嬉《うれ》しくてたまらないのは、誰が見ても明らかだった。

「では、いまから旅立ちます。われら一同、象を無事に上《うえ》さまのもとへお届けするため、命も捨てる所存《しょぞん》でございます」

代表して、小紬田八左衛門《おへだはちざえもん》が挨拶した。

三宅周防守は鷹揚《おうよう》にうなずき、

「では、わしからひとこと。わしはこの象に悠々《ゆうゆう》と生きることの大切さを学ばせてもらった。見るがいい、皆の者。この象の、雄々《おお》しくも悠然《ゆうぜん》たる姿を。そして、つまらぬことは鼻であしらうことも、象は教えてくれている。これほど立派な手を持ちながら、象は手を使わない。鼻で済ましてしまう。そなたたちも、旅の途中でさまざまな困難に直面するやもしれぬ。だが、そのときは悠々とふるまい、そして鼻であしらうように、うまく処理することを期待しておる。以上。では、出発」

三宅の挨拶に、内心で首をかしげた者は多いが、胸を打たれた者はいなかった。象自身もそう思ったのか、歩き出すまぎわになって、

「ブォーーッ」

と、凄《すさ》まじい音で放屁《ほうひ》した。それは三宅への見事な返答になっていた。

一方――。

三宅や高木とは違って、長崎の町の人たちは、本心から象との別れを悲しんでいた。長崎に到着してから、ここでずいぶん大きくなった。最初はいくら大きくても、いかにも赤ちゃん然としていたのである。それから九か月。いまや立派な若者象にまで成長してきた。

長崎で大きくなった象。それが江戸へ旅立って、もう帰って来ないかもしれな

いのである。

「なにもわざわざ江戸へ連れて行かなくてもいいじゃねえかよ」

小声でそう言う者もいた。こんなに長崎の町人たちが、まるで自分の甥《おい》っ子のようにかわいがってくれたのだから、このまま長崎で暮らせばよい、そのうち、わしのほうから見に行こうと、天下の征夷大将軍《せいいたいしょうぐん》なら、それくらいのことは言えないもんかね——と、それが町人たちの本心だった。

町人たちのなかには、象に持って行ってもらおうと、みやげ物を差し出す者もいた。たいがいは、干し草だのカボチャだの干し柿だの、象の餌《えさ》になるものだった。それはありがたく受け取り、中間《ちゅうげん》たちが引く荷車の上に載《の》せたが、一部の大根の漬け物だの、干しイワシだの象が好まぬものは、持ち帰らせた。

「象しゃん、ありがとうね」

「江戸に行っても元気でね」

女たちの多くは目を泣き腫《は》らしている。

「シゲゾウ。行っちゃいや！」

丸山《まるやま》の遊女の一人が叫《さけ》んだ。

「なに、シゲゾウって？」

わきにいた朋輩《ほうばい》が訊《き》いた。

「名前つけたの。あたしはおしげで、象だから、シゲゾウ」

それを聞いていた役人が、

「馬鹿《ばか》者。勝手に名前などつけるでない。名前は上さまがおつけになるのだ」

「申し訳ありません。象さま」

おしげは肩をすくめて、

「ほんと役人って、度量が狭いわ」

と、小声で言った。

泣き声が高まり、見送る人々はいっせいに手を振った。象は歩き出している。

「達者《たっしゃ》でね。長生きするんだよ」

「また、帰って来てね」

「江戸に会いに行くからね」

愁嘆場《しゅうたんば》はここに極まった。

こうしたようすを、町の人たちにまぎれながら、お庭番の与惣次《よそじ》とあわびは、注意深く目を凝《こ》らしている。

「与惣次さん、あいつ」

「ああ。あの青龍刀《せいりゆうとう》の唐人だな」

あのときは辮髪《べんぱつ》だったが、いまは日本人の髷《まげ》にしている。だが、あの巨漢を見《み》紛《まが》うわけはない。巨漢はじっと象を見つめていたが、そのうち、そばにいた男たちとなにか話し、象が歩き出すとともに、ゆっくりあとをつけ始めた。

大きな荷物を背負っているのは、おそらく旅支度《たびじたく》だろう。べったりくっついてはいないが、おそらく仲間は五、六人ではきかない。辮髪の者はいないが、月代《さかやき》がやけに青々しているのは、剃《そ》ったばかりなのだ。

「あいつら、江戸まで象のあとをつけて行くつもりではないでしょうね？」

「ああ。おそらく途中でなにかしでかすんじゃないのか」

「向こうには加瀬《かせ》もいます」

「うん。やつは一人らしいな」

通詞《つうじ》の加瀬道三郎《みちさぶろう》の周《まわ》りを囲んでいるのは、丸山町の遊女たちらしい。単独で江戸までついて行くつもりなのか。象にそれほどの情愛があるとは思えないし、もしかして、ただの酔狂《すいきょう》か？

あわびはそっと加瀬のそばに近づいた。この前とは化粧も見た目もまるで変えているので、気づかれるわけがない。

「なんで、あんたまで行くのよ？」

歳《とし》のいった遊女が訊いた。もしかして、加瀬の母親なのか。

「へっへっへ。これも西方浄土《さいほうじょうど》に行けるようになるためなのさ」

「西方浄土？　あんた、死んじゃうの？」

「誰が死ぬもんか」

なんともおかしなやりとりだった。

ほかの見送る者たちのなかには、唐人屋敷で見かけた長崎商人たちや、出島《でじま》のオランダ商人もいる。互いに顔見知りらしく、思惑ありげな顔でなにか話したりしている。

鋭《するど》い目つきで、ときおり周囲を見回すので、うっかり近づけない。

「あの連中は、なに考えてるんでしょう？」

与惣次に訊いた。

「うむ。象の見送りではなく唐人の激励かもな」

まったく怪しいこと、この上ない。

二

女たちの泣き声と、子どもたちの歓声《かんせい》に送られた象の一行は、長崎の市街地を抜けると、やがて日見峠《ひみとうげ》に差しかかった。

街道といってもさほど広くもない、曲がりくねった道をゆっくり進んで行く。象の山のところどころには桜の木があり、満開からいまは散り際になっている。象の鼻先でも、絶え間なく桜の花びらが舞った。

街道筋に何軒か茶店が並んでいるところに差しかかったときである。

象の左わきを歩いていた福井雄助《ふくいゆうすけ》が、

「む」

と、足を止め、視線を四方に配った。

「たあっ」

すばやく抜き放たれた剣が、大きく弧《こ》を描いた。

バシッ。

と、音がして、飛んで来た矢が地面に落ちた。

両断したのではない。両断すれば、先のほうが、象に突き刺さるかもしれない。象にかすり傷さえつけさせぬよう、斬《き》るのではなく、刃《は》の横で叩《たた》き落としたのだった。瞬時の判断であり、さすがに長崎きっての遣《つか》い手と噂《うわさ》されただけのことはあった。

「曲者《くせもの》だ」

「おお、なんと」

一行はどよめいた。

象は傷に強く、皮膚も硬いので、矢が一本突き刺さったくらいでは、命に別状はないかもしれない。だが、将軍さまの象に矢が放たれたのだ。

これを旅人の姿で後ろからつけて来ていた与惣次とあわびも、見逃すわけはない。

「あっちだ」

二人は、すぐに矢が飛んで来た方角の山のなかへ分け入った。

春のみずみずしい緑のなかを、二人のお庭番が駆ける。小高い丘の、下を行く街道が見下ろせるあたりに来たが、曲者は見当たらない。

「あわび。これを見ろ」

指差したのは、二本の木にぶら下がった紐《ひも》であった。ほかに、別の紐が伸びていたり、二股《ふたまた》の枝が地面に刺さっていたり、なにやら細工が施《ほどこ》された跡がある。

「これで矢を放ったみたいだな」

「しかも、ここにはいないままで」

見事な仕掛けだった。

「小舳田さま、大丈夫《だいじょうぶ》でしょうか」

象の世話役の宇助《うすけ》と吉兵衛《きちべえ》は動揺している。

「やっぱり長崎に引き返して、船で江戸に向かうほうがいいんじゃないでしょうか?」

そうも言った。

「船なら安心とは限らぬ。海賊《かいぞく》が襲ってくるかもしれぬぞ」

「ひぇえ」

宇助と吉兵衛は、なんという仕事を押しつけられたのかと、泣きそうになった。

象はこうした騒ぎをよそに、快調に坂を上ったが、逆に下りでは極端に遅くなる。重い身体《からだ》を支えるのが大変なのだ。しかも、大雨が降り出した。大粒の雨である。

「なんてことだ」

小紬田は天を仰いだ。春霞《はるがすみ》のあとから晴れてくるだろうと予想していたのである。たちまち坂道が濡《ぬ》れて、滑《すべ》りやすくなってきた。

「ダメ、ダメ、イケナイヨ！」

象の背中で潭数が叫んだ。

象が転んだりすると大変なのだ。自分の重みで骨折もしかねない。象もまた濡れた坂に怯《おび》え、いやいやをするように首を振った。

「仕方ない。引き返そう」

福井が決断し、途中にて止宿した。

この日は、七里（約二十八キロメートル）先の諫早《いさはや》まで行く予定だった。それでも、ゆっくりした道のりを想定してあるのだ。ところが初日から遅れ、しかも予定の三分の一しか来ていない。この分だと、どれだけ遅れることになるか、

「天にましますわれらが神よ……」

小舳田は胸のうちで祈った。じつは、隠《かく》れキリシタンなのである。

象が雨の坂道に弱いというのは、いままで誰も思ってもみなかった。水浴びや泥遊びは好きだから、むしろ雨の坂道も大好きなのではないかとさえ思っていた。もちろん象使いの潭数などは知っていたのだろうが、これまでそういう場面に遭遇《そうぐう》していないのだから、伝えようもなかったわけである。

「となると、先々の宿場《しゅくば》には、雨が降った場合に備え、砂を用意してもらわなければならぬな」

と、小舳田が言った。

「それと、馬のこともな」

福井が言った。

「そうだった」

　これもいままで気づかなかったのだが、象は馬のことを嫌いなのか、怖《こわ》いのか、見ると立ち止まったり、怒りを露《あら》わにしたりするのである。

　じつは、小紬田と福井は、宿場に入るときなどは馬に乗り、象に負けないくらい堂々と乗り込むつもりだった。それが、出発の段になって、

「馬、ダメ。馬、ダメ」

と、潭数から禁止されてしまった。

　だが、各宿場には早馬用や、旅人向けの馬がかならずつないであったりする。もしもそれとすれ違ったとき、象が暴れたりしたら、大変なことになる。

「馬は象が見えないところに隠しておくよう、それも通達を出そう」

　小紬田はそう言って、筆を取り、重々しい顔で通達文を書いた。象を無事に江戸まで送り届けるため、これからどれほどの通達を出さなければならないのか。

　小紬田は早くも、長崎に引き返したくなってきた。

た。

三

下手《へた》したら、雨は降りつづくのかと心配したが、翌朝は雲一つない快晴となった。

「よかったのう、福井」

「まったくだ。最初の宿場でいきなり足止めでは、旅立った気にもなれぬしな」

道もたちまち乾き、象も足元の不安もなく、坂を下りた。

象の一行が通りかかると、大勢の人が集まって来る。百姓も職人も、商《あきな》いをしている者も、皆、仕事をほっぽり出して駆けつけて来る。

「あれが象かあ」

「たいした生きものだなあ」

象が近々ここを通るという話は聞いていたらしい。沿道はたちまち、お祭り騒ぎとなる。

沿道に驚きと興奮が湧《わ》きおこれば、象の一行も昨日までの不安は拭《ぬぐ》い去られ、逆に誇らしい気持ちになっていくから不思議である。

巨大な生きものを連れて歩く心地《ここち》よさといったらどうだろう。なんだか、自分自身も巨大ななにかになったような気もしてくるのだ。小紬田八左衛門は、――雲に乗って大空を飛んで行くときも、こんな気持ちになるのだろうか。と、思ったほどだった。

矢上宿から諫早宿までおよそ四里（約十六キロメートル）。ちょうど昼ごろに諫早宿に到着した。

「餌の支度は大丈夫だな？」

小紬田は、宿場役人に訊いた。

「はい。通達にあったものは、なんとか用意いたしましたが……」

宿場役人は、餌の山をチラリと見て言った。本当にこんなにいるのかという顔である。

通達にあった一日分の餌は、こうである。

・新藁《わら》――――二百斤《きん》（一斤は〇・六キログラム）

・笹葉――――――百五十斤
・草――――――百斤（いたぶ葛《かずら》、ひめ草）
・芭蕉《ばしょう》――――二本
・大唐米《だいとうまい》――――八升《しょう》（うち四升は粥《かゆ》で）
・あんなし饅頭《まんじゅう》――五十個
・橙《だいだい》――――――五十個
・九年母《くねんぼ》――――三十個
・清水

なかには集めるのにたいそう苦労したものもあったし、饅頭の五十個は、象の餌ではなく人の食うものではないかという疑いの声も出た。だが、これすべて、象の餌である。

しかも、これとは別に一行の飯も用意しなければならないのだ。

「清水が足りぬな」

小舳田が言った。桶《おけ》に一杯しかない。

「えっ」

「象は一日に、およそ五十升ほどの清水を飲む」

「五十升！」

宿場役人たちは、慌《あわ》てて水を汲《く》みに走った。

これらの餌はほぼ一日分なので、すべて平らげはしない。だが、その猛烈な食欲に、宿場の者たちは仰天《ぎょうてん》した。もちろんこれだけ食えば、出す量も凄まじい。排出される糞《ふん》の山に、呆然《ぼうぜん》とするばかりだった。

この日は、矢上宿を出て、無事に大村宿へ到着した。象の一行は、ホッと胸を撫《な》で下ろしたが、別の宿屋に入ったお庭番の与惣次とあわびは、むしろ不安に眉《まゆ》を曇らせていた。

「あいつらは、どこに入った？」

与惣次はあわびに訊いた。あいつらとは、怪しい唐人一味のことである。

「二人はこの大村宿にいます。ほかのやつらは、どうやら先に進んだみたいです」

象の一行は、宿場の本陣《ほんじん》に泊まっている。本陣もしくは脇本陣に泊まりながら、江戸まで行くことになっているのだ。

与惣次とあわびがいるのは、その本陣を眺める向かい方の宿である。ただ、小屋に入った象のようすはわからないし、象小屋には一行のほかにも宿場の人間も出て、見張りをしている。なにかあったら大変なので、宿場側もうかつに人を近づけないよう警戒《けいかい》しているのだ。

「どうも、あいつらの動きが読めないな」

「そうなんです」

長崎で見かけた唐人の仲間たちが、象のあとをつけて来ているのは間違いない。だが、抜かれていないと思ったのに、大村宿に入ったら、連中のほうが先に着いていた。

「思ったよりも、あいつらの人数は多いかもしれないな」

「とすると、十人近くいるかもしれませんね」

まだ、顔を確認できていない者が多い。早く敵の顔を確認しておきたい。

「加瀬はどうしてる?」

「道中、ときどき象の一行に近づき、象使いとなにか話していました。ただの挨拶ではなく、なにやら長い話になっていました」

「だが、潭数は清国語《しんこく》も蘭語もあまり話せないと言っていたのではないのか？」

「ええ。それを補足するためらしく、筆談みたいなこともしています。絵でも描いているのか。それとも、なにか別の言葉なのか。あの紙を見てみたいんですが」

顔を覚えられたくないので、あまり近くには行きたくない。

「わしらも人手が足りないな。伊蔵《いぞう》が来たら、援軍を出して欲しいと、伝えてもらおう。権蔵《ごんぞう》とあけびは、まだ奥州《おうしゅう》にいるのかな」

与惣次は遠い目をして言った。

四

翌日も、翌々日も好天だった。

象の一行は順調に大村宿から嬉野《うれしの》宿まで進み、一泊して歩き出したときである。

川の近くに来ると、湯煙《ゆけむ》りが流れて来る。宿の者が自慢していた温泉である。

「象さまも入らせてやってはいかがでしょう。疲れが取れますので」

そうも言っていた。

後年、シーボルトなどが入ったときほど立派ではないが、湯宿もあり、湯治《とうじ》客《きゃく》もいる。その湯宿の者に訊くと、

「象さまが入れるような湯舟はありませんが、川原を掘ると湯が出てきますので、そこに足をつけさせてみてはいかがでしょう」

「なるほど。それはいいな」

小鮒田はうなずき、さっそく湯宿の者にも手伝わせ、象が足をつけられるくらいの穴を掘った。

「こんりい」

女象使いのほうが、象を前に進めた。象はさほど怖がらず、湯に足をつけた。

宇助と吉兵衛が藁製のたわしで、四本の足を洗ってやると、

「プフォーイ」

と、いかにも気持ちよさそうに啼《な》いた。

そんなようすを遠くから見ながら、

「ここの湯は、権蔵も褒《ほ》めていたな」

と、与惣次があわびに言った。

「そうなんですか」

「美肌の湯で有名らしいぞ」

「美肌……」

くノ一といえど、肌はきれいでありたい。いや、くノ一こそ、美肌にものを言わせるときがある。

「じゃあ、試しに入らせてもらおうかしら」

与惣次からは離れ、適当なところを探した。前に誰かが掘ったらしい、身体がすっぽり入るくらいの穴がいくつか開いている。手を入れると、ちょうどいい湯加減である。

あわびは着物を脱ぎ、その下の襦袢《じゅばん》だけになって湯につかった。底から湧き上がる湯は、かなりの熱湯《あつゆ》らしいが、すぐに川の水と混じり合うので、ちょうどいい湯加減になっている。かすかに白濁《はくだく》した湯は、いかにも肌にやさしかった。

あわびは思わず言った。

「いい湯だこと」

すると、すぐそばで声がした。

「ああ、いい湯じゃのう」

「え？」

あわびはギョッとして、声のしたほうを見た。すぐ後ろの湯穴のなかで、ずいぶんな年寄りがニタニタしながらこっちを見ているではないか。周囲には誰もいなかったはずなのである。

あわびが驚いているのをまるで意に介さず、

「わしは毎日毎晩、宝泉寺《ほうせんじ》温泉という名湯《めいとう》につかっているのじゃが、たまにこの嬉野の湯につかると、ピリッとしてな。これがまた、ええんじゃ。肌が若返るわ」

爺《じい》さんはいくつなのか。顔は皺《しわ》だらけで、日に焼けて真っ黒なのだが、そのわりに肌そのものは艶々《つやつや》としている。

「そんなことより、お爺さん、さっきからここにいた？」

「いたともさ。姐《ねえ》ちゃんの襦袢姿もしっかり拝ませてもらったでな。ええ、肉づきしとるじゃないの。ひゃっ、ひゃっ、ひゃ」

爺さんは、とろけそうなほどだらしない顔になって笑った。

——人の気配に気づかなかったなんて、腕が落ちてきたのかしら。

あわびは不安を覚えたが、

「じゃが、あの象は聞きしにまさる大きさじゃのう。あれで、まだ、子どもというんだろう?」

爺さんは人なつっこい調子で話しかけてくる。

「ええ、まあ」

「江戸まで連れて行くらしいな」

「そうみたいだけど」

そのことはすでに、街道沿いの宿場の者にも伝えてあるので、爺さんが知っていても不思議はないが、うかつなことは言えない。

「まさか象を連れて来るとはなあ」

爺さんはさらに言った。

あわびは口をつぐんだ。この爺さん、なにか妙なのである。

「わしは心配しておったんじゃ。象を連れて来るのをな。騒ぎが持ち上がるで。仙台藩も動くだろうし、下手すると、幕府を揺るがすような騒ぎになるかもな」

「……！」

この爺さん、いったいなにを言っているのか。警戒の目を向けたあわびを見て、爺さんはまたもニタニタしながら言った。

「あんた、姉さんと、よお似とるのお」

第十章　あけびのおかげで

一

さて、仙台藩秋保《あきう》温泉では——。

仙台藩主伊達吉村《よしむら》は、黒脛巾組《くろはばきぐみ》の頭領《とうりょう》から象の来日の話を聞き、危機感をつのらせている。もしかしたら、将軍徳川吉宗《よしむね》は、わが藩内のどこかにある藤原《ふじわら》氏の莫大《ばくだい》な金塊《きんかい》に目をつけたのではないかと……。その金塊こそは、藩祖伊達政宗《まさむね》の惜《お》しくも潰《つい》えた野望をよみがえらせることができるはずのものなのである。

伊達吉村は窓から、捕えられた権蔵《ごんぞう》とあけびを見つめながら、

「あやつらは、あらたになにかを探ったのか?」

と、訊《き》いた。

「いいえ。藩内に入る前に捕えておりますので」

「そうか」

「それで、いかがいたしましょう?」

頭領は、昼食の希望を伺《うかが》うような、軽い調子で訊いた。もちろん生殺の与奪《よだつ》についてである。

「捕えておいて、洗脳を施《ほどこ》せば、逆隠密《おんみつ》として使えるのではないか?」

そもそも忍者というのは、戦国のころから一般の武士よりも、帰属意識というのが低いのである。そのため、金で裏切る場合も少なくはない。あるいは、弱みを突いたり、主君の駄目《だめ》さ加減を暴《あば》いたりといった手管《てくだ》もある。さらに、吉村が言ったような、人格そのものを変えてしまうような洗脳術もないわけではない。

もしも逆隠密をつくることに成功すれば、多大なる成果が見込めるだろう。

だが、頭領は首を横に振り、

「他藩の隠密ならともかく、幕府の、しかもお庭番には矜持《きょうじ》というものがございます。おそらくそれは難しいかと」

「そうか。では、やつらから盗めるような必殺の忍技《にんぎ》はないのか?」

「どうでしょうか。やつらを捕縛《ほばく》した経過を考えると、それほどすぐれた忍技を持っているとは思えませんが」

「ならば可哀《かわい》そうだが……」

伊達吉村は、最後の言葉をはっきりとは言わなかった。もともとその性《しょう》は、残《ざん》虐《ぎゃく》なことは好まないのである。

だが、黒脛巾組の頭領は、

「承知いたしました」

と、うなずいて、外《はず》していた鬼面でふたたびその美貌《びぼう》を覆《おお》い隠《かく》したのだった。

鬼面の頭領が、権蔵とあけびのいる広場に姿を現わした。

「お頭《かしら》、こやつらはいかがいたしましょう?」

手下《てした》の忍者が訊いた。

「とりあえず、向こうの人けのないところへ」

「わかりました」

このやりとりで、権蔵もあけびも、自分たちの運命を察知した。すぐ目の前に、暗黒の無が口を開けていた。

「おれらは殺されるのか」

権蔵は呆《ほう》けたように言った。

「そりゃそうでしょうよ」

「あけび。すまなかったな」

「ほんとだよね」

権蔵に同情したのがいけなかった。くノ一として未熟だったということだろう。技には自信があったが、気持ちの修業が追いつかなかった。

「あけびと申すか?」

鬼面の頭領がじっとあけびを見た。表情はわからない。

「若い娘が前をさらしたままではつらかろう。せめて帯くらいは巻いてやろう」

頭領はそう言って、懐《ふところ》から取り出した長めの細紐《ほそひも》を二つ折りにして、着物がはだけているあけびの腰に軽く巻きつけた。

「あとはまかせたぞ」

頭領はそう言って踵《きびす》を返した。

「さあ、歩け」

手下の忍者が権蔵の背中を押した。いっしょに来るのは二人だけらしい。縛《しば》られた者を斬《き》り捨てるだけなのだから、二人で充分だろう。

山の麓《ふもと》のほうへ進んで行く。今日は三月十五日（旧暦）。春の遅い奥州《おうしゅう》とはいえ、今年は暖冬だったらしく、山に雪は見えない。よく日の当たるところでは、山桜が咲いている。紅《あか》いのは、桃の花だろうか。広葉樹が小さな緑を芽吹かせ、クスノキなどは若葉と入れ替わるように、さまざまに色づいた枯れ葉を撒《ま》き散らしている。

「どうだ、みちのくの春は美しいだろう」

手下の片割れは、自慢げに言った。

「お前、辞世の句を詠《よ》んではどうだ？　ただし、七五三でな」

もう片方が笑いながら権蔵に言った。

たしかに美しい。これがこの世で最後に見る光景なら、贅沢《ぜいたく》をさせていただいた、とあけびは思う。

「もうちょっと向こうに行こうか」

権蔵は背中を押された。

ただでさえ湯のなか以外は弱いのに、後ろ手に縛られたうえに武器はすべて取り上げられているので、どうすることもできない。あけびも同様であるが、女というのは覚悟が決まると強いのか、動揺しているふうには見えない。

だが、権蔵の心に覚悟などというものは微塵《みじん》もない。最後の最後まで抵抗を試みるつもりである。

せせらぎの音が聞こえてきた。小川が流れていて、そこから湯気《ゆげ》が立っている。出湯《いでゆ》が流れているのだ。

「なあ、黒脛巾組のお人。おれはもう覚悟したんだよ」

「それはいいことだ。わしらも、無様《ぶざま》に命乞いをするやつを斬ると、後味《あとあじ》がよくないからな」

「ただ、一つだけ頼みがある。あれは、秋保温泉のこぼれ湯かなにかだろう?」

「ああ、そうだ」

「最後にあの湯で身体《からだ》を洗わせてくれないかな。死ぬときくらいは、汗の臭いを落としておきたいんだよ」

いかにも哀れっぽい顔で言った。

「いや、駄目だ」

「だったら、縄は解《と》かなくていいんだ。跪《ひざまず》いて、顔だけあの湯につけさせてもらえたらいいんだ。な、忍者同士の情けだろうよ」

「ふうむ」

「そしたら、辞世の句も詠むよ。七五三で、あんたたちが大笑いするような辞世の句だ。末代までの語り草にできるぞ。馬鹿《ばか》なお庭番が、こんなまぬけな辞世の句を詠んで死んだんだぞって」

「どうする？」

一人が片割れに訊いた。

「いや、やめといたほうがいい。こいつの綽名《あだな》は〈湯煙《ゆけむ》り権蔵〉というらしい、おそらく得意の技が、温泉となにか関わりがあるのだ」

「そんなこと、ない、ない。ただ、子どものころから温泉が大好きだっただけ。温泉の技ってなんだよ、それ。そんなものあるわけないだろうが」

権蔵は必死で懇願《こんがん》した。

しかし、二人は無視して歩きつづける。

やがて小川からも遠ざかり、窪地《くぼち》のようなところまでやって来た。そこは完全に人目から遮《さえぎ》られている。

「ここでいいか」

「ああ」

二人はうなずき合った。

「いや、よくないって。あんたたち、こんなところでおれを斬ったら、臭い血を浴びるぞ。汗と垢《あか》まみれの臭い血は、浴びたらひと月は落ちないんだ。なあ、頼む。なんなら、小川に叩《たた》き込んで窒息《ちっそく》死させてくれてもいいんだ。お願いしますよ。一生のお願い」

権蔵はもはや泣き声になっている。

「一生のお願いって、お前の一生はもう終わり」

そう言って、黒脛巾組の片方が、ニヤニヤしながら刀を抜いた。

その瞬間、あけびが突進していた。

刃《やいば》に向かって、腕を押しつけ、ひねった。縛っていた縄がはらりと落ちた。

「ああっ」

すばやく飛びすさると同時に、あけびの腕からしゅるしゅると、細紐が伸びた。帯代わりに腰に巻いてもらっていた細紐である。

それはつばめのように宙を走ると、先端が、いまにも権蔵を斬ろうとした男の両目を叩いた。

「うわっ」

男は激痛に襲われ、身をよじるように後ろへ逃げた。

「このあま！」

もう片方が刀を抜き、あけびに向かって来た。

あけびは落ち着いた動きで、細紐を鞭《むち》のように振った。細紐はぴゅーんと大きく弧《こ》を描くと、男の足にからみついた。それを強く引く。足がもつれ、男は倒れた。

すると、あけびは両目を打たれた男に近づき、すばやく手にしていた刀をもぎ取ると、男の胸に刀を深々と突き入れた。

「ごめんね」

詫《わ》びながら、あけびは立ち上がろうとしていたもう片方の男に向かって大きく跳《と》んだ。刀は突き刺したままである。

両足で男の顔を蹴《け》った。

蹴られる一瞬前、男は、はだけた着物のなかに若い娘の一糸まとわぬ裸身を見たはずである。

「見たでしょ」

そう言いながら、あけびはこの男の刀も奪い取って、こっちは喉《のど》に突き刺した。

「悪く思わないでね」

黒脛巾組の二人が横たわり、ぴくりとも動かないのを確かめると、あけびはまた細紐を帯がわりに腰に巻き、奪った刀を鞘《さや》に収めて言った。

「じゃあね、権蔵さん」

「え？　置いてくのかよ？」

権蔵は啞然《あぜん》として訊いた。

「さっきの出湯の流れのところまで行けばいいでしょうが。温泉があれば、権蔵さんは無敵だよ」

「いやいや、悲鳴だの、怒鳴り声だのが向こうにも聞こえたって。もう、こっちに駆けつけて来てるだろうが」

「じゃあ、これからあけびさんと呼ぶ？」

「はい。あけびさん」

「わかった」

あけびはすばやく権蔵の縄を刀で断ち切り、

「逃げるよ！」

山に向かって走った。

「おい、待て、あけび……さん」

権蔵も慌《あわ》てて山へと逃げ込んだ。

それからまもなくして、

「どこだ。おい、そっちか？」

「いや、いないぞ」

数名の黒脛巾組がやって来た。権蔵が言ったように、悲鳴や異様な怒鳴り声が聞こえたのだ。

「あそこだ！」

倒れていた二人を見つけて駆け寄るが、

「駄目だ。死んでいる」

「なんてことだ」

愕然《がくぜん》となっているところに、鬼面の頭領がやって来た。

「お頭。二人は殺されています」

「後ろ手に縛って、武器も取り上げていたのに」

「まさか、ほかに仲間がいたのでしょうか？」

頭領は答えず、しゃがみ込んで、二人の遺体を見つめた。致命傷はどちらも急所を刀でひと突き。見事なものである。さらに、片方は目の周《まわ》りが赤くなっており、もう片方は足首に強くこすったような跡があるのを見つけた。

「どういう技でやられたのでしょう？」

「そんなことより、なにをぐずぐずしている。逃げたやつらを追え！」

山のなかに逃げ込んだ忍者を捕まえるのはまず不可能と知りつつも、子分たちは山を這《は》い上がって行く。鬼面の頭領は、じっと緑滴《したた》る山を見つめるばかりだった。

二

権蔵とあけびは、しばらくのあいだは全力で逃走した。もちろん、足跡など残したりはせず、別の道の枝を折るなど、偽装《ぎそう》を施しつつである。猪《いのしし》や鹿がいれば、布切れを巻きつけ、人と見間違えるようにするなどの細工もした。

しばらくして、権蔵は息を切らしながら、立ち止まり、耳を澄ました。さっきまで二人を追って来る気配はあったが、いまはない。諦《あきら》めたのだ。土台、山に逃げた忍者を追うなどということが無駄《むだ》な努力なのである。いまごろは、国境《くにざかい》の関所《せきしょ》などに早馬で通達を出しているだろうが、そんなことで捕まるような隠密や忍者はいない。

「おい、あけび……さん」

権蔵は遠慮がちに声をかけた。さすがに命を助けてもらったという自覚はある。

「なあに、権蔵？」

「これからどこに行く？」

おずおずと訊いた。完全な敬語は使いたくないらしい。

「とりあえず、江戸にもどるんでしょうが」

「もどってなんて報告する？」

「権蔵がつまんない見栄《みえ》を張ったせいで正体を見破られ、潜入《せんにゅう》に失敗したって」

「そんなみっともないこと、やめてくれよ」

「じゃあ、どうするの？」

「引き返すんだろうが」

「引き返す？」

「そう。江戸にもどってもこのままじゃ、なに一つ報告できることはないぞ」

「そうだよね」

せいぜい那須《なす》温泉と飯坂《いいざか》温泉の肌触りの違いくらいだろう。

「もうちょっと探らなきゃしょうがないだろうが。探ったうえで、捕まったけど、あやうく逃げて来たと言えば、いちおう恰好《かっこう》はつくぞ」

「こすいなあ」

と、あけびは言ったが、たしかに引き返すのも手だと考えている。

権蔵のせいで無駄に時を費やし、仙台藩に潜入する前に捕まってしまった。芭《ば》蕉《しょう》が残した謎のことも、秘宝の金塊のことも、まったく手つかずのままである。仕事とはいえ、それらについて興味をふくらませていたのだ。

あけびはうなずいて言った。

「いいよ。秋保にもどろうか」

それから二人は、いったん山里に出て、変装用の衣服をいただくなどして、ふたたび秋保温泉郷にもどって来た。逃走してからすでに二刻《ふたとき》（約四時間）ほどは経《た》っている。陽《ひ》は西の山陰《やまかげ》に消え、あたりは薄青い夕暮れの色に包まれている。

短い着物に、短い刀を差した中間《ちゅうげん》ふうのなりの権蔵が先に行く。百姓女に化けたあけびは、少し離れてついて行く。今度、権蔵が捕まることがあっても、助けるつもりはない。逆にあけびだけが捕まったら……？　権蔵が助けてくれるわけがない。

三

先ほど連れて行かれたところより、もう少し手前に共同湯があった。

権蔵はさも地元民のような態度で、悠々《ゆうゆう》となかに入って行く。ここは、湯銭《ゆせん》もいらないらしい。

いちおう男湯と女湯は分かれているが、しきりなどはなく、丸見えである。男湯のほうが大きくて、女湯の五倍ほどある。あけびは、女を馬鹿にするなと、内心でムッとする。

男湯にはすでに四人ほど入っている。見覚えがあるどころか、黒脛巾組の連中ではないか。権蔵たちの追跡を諦め、もどって来て、湯で疲れを癒《いや》していたらしい。

権蔵はかけ湯もせずにざぶんとなかに入ると、

「なんだか、山のほうで騒ぎがあったみたいだなあ」

ぬけぬけと話しかけたではないか。

「誰だ、おめえは？」

と、黒脛巾組の一人が訊いた。

「おらは、殿さまの馬の世話で来てるだよ」

「ふん。余計なことは気にせず、馬に餌《えさ》でもやってりゃいい」

黒脛巾組は機嫌《きげん》が悪い。

「おらは馬の世話もするが、殿さまの警護《けいご》もしろと言われてるだでな」

「そうなのか」

あまり冷たくするのもまずいと思ったらしく、態度は軟化した。

あけびはそんなようすを窺《うかが》いながら、女湯のほうに入った。

先客がいる。近所に住む百姓の嫁だろう。腕に小さな赤ん坊を抱いて、湯につかっていた。

まだ歩けそうもない赤ん坊で、気持ちよさそうに目を閉じている。

「あ、かわいい」

あけびは思わず言った。

その声に、母親は微笑《ほほえ》んで小さくうなずいた。赤ん坊がかわいいと言われて、嬉《うれ》しくない母親はいない。

「何月生まれです？」

と、あけびは訊いた。

「去年の九月に」

「じゃあ、まだ半年くらいね」

「うん」

母親も若い。もしかしたら、あけびより歳下《としした》ではないか。

「どっち？」

あけびは訊いた。男の子か、女の子かを訊《たず》ねたのである。

母親は、少しだけ赤ん坊を持ち上げた。

「あら、女の子」

「もうちょっとお乳を飲んでくれるといいんだけどねえ」

「でも、ほっぺなんかふっくらして」

赤ん坊を抱かせてもらいたいほどだった。

ふと、自分もこうして、母親といっしょに湯につかったことを思い出した。あれはいくつぐらいのときだったろう。覚えているくらいだから、もちろん、もう赤ん坊ではなかった。

あけびの母親もまたくノ一だった。だが、どこかの藩に潜入し、そこで亡くなってしまったらしい。正体がばれて斬られたのか、あるいは病《やまい》や事故など、別の理由があったのか、そのあたりはわからない。くノ一の死因など、しょせん、わからずじまいなのだ。だが、

「一度、別府《べっぷ》の湯に入ってみたいわね」

そう言ったのを聞いたおぼえがある。母の記憶はそこで途切れているので、それからほどなくして亡くなったのだろう。

あのとき、妹のあわびもいっしょだったろうか。たぶん、いっしょだった。だが、あわびと、母のことを話したことはない。父のこともない。親のことは話さないというのが、暗黙の了解だった。

とはいえ、あけびとあわびは、桜田《さくらだ》屋敷で父母の不在について悩んだりすることもなく成長した。なぜなら、似たような境遇の子どもはほかに何人もいたし、屋敷の人たちは、そういう子どもたちを分け隔《へだ》てなくかわいがってくれたか

らだった……。

ぼんやりそんなことを考えていると、

「芭蕉ってやつは」

という声でわれに返った。

「芭蕉ってやつは、『おくのほそ道』とかいう紀行文を書いたんだろう？」

男湯のほうで、そう言ったのは権蔵だった。大胆にも、黒脛巾組の連中に探りを入れ始めていた。

「ああ、そうだ。いまや、発句《ほっく》をやる者からすると、芭蕉は神さまか仏さま、『おくのほそ道』は経典《きょうてん》みたいなものになっているらしいぞ」

黒脛巾組の一人が言った。

「それには芭蕉が探っていたという金塊のことは書いてないのか？」

「書いてあるわけないだろうが。あれは報告書でもなんでもないのだ」

「では芭蕉の報告書は幕府にあるわけか？」

権蔵は黒脛巾組の四人を見回して訊いた。あの連中は、いま目の前にいる男が、さっき逃亡したお庭番だと気づかないのだろうか。

ただ、権蔵の顔のあたりだけひどく湯気がたちこめていて、はっきり見えていないらしい。

「それがどうも、幕府にもちゃんとしたものはないらしいぞ」

黒脛巾組の一人が言った。

「だが、当時の御家中《ごかちゅう》だって、ちゃんと見張っていたのだろうよ。その報告書はないのか？」

「あるんだがな、それを読んでもよくわからないらしいのだ」

「そうなのか」

権蔵はさりげなく言った。

「どうもその後の調べではな、芭蕉に同行していた弟子の曽良《そら》という男が途中で別れたりして、あとを追えなくなった。じつは腕の立つのは曽良のほうだったみたいなのだ」

「ははあ」

「曽良は、もしかしたら隠し金のありかまで探り当てたのかもしれないらしい」

「だが、幕府のお庭番たちが、いまも金塊を狙っているということなら、隠し場所はわからずじまいだったのだろうが」

「いや、隠し場所はぼんやりわかっていても、掘り出すことができないところだったのかも」

「そりゃあ、いい話を聞いたなあ」

権蔵は、気安い調子で言った。

このやりとりにあけびは呆《あき》れた。なにがいい話を聞いただよ。密偵《みってい》だというのがばれてしまうではないか。

「いい話？　なに言ってんだ、おめえは？」

ほうら、やっぱり聞きとがめられた。

あけびは緊張した。ここで権蔵と黒脛巾組の乱闘でも始まれば、赤ん坊が巻き添えを食うおそれがある。

「おめえ、なんか怪しいな」

一人が権蔵に顔を近づけた。

「なにが怪しいんだ。お前らこそ、まともな武士とは思えねえぞ。さては、黒脛巾組とかいう連中か？」

権蔵はまた言わなくていいことを言っている。

「きさま、なぜ、黒脛巾組を知っている？　われらのことは、よほどの重臣でなければ知らないはずだぞ」

「おい、こいつ、一度、捕まえたお庭番じゃないのか？」

「あ、湯煙り権蔵とかぬかすやつだ」

「この野郎、ぬけぬけと引き返して来やがった」

四人はいきり立ち、すばやく権蔵を四方から取り囲んだ。

「あ、なんだか喧嘩《けんか》が始まるみたいよ」

あけびはそう言って、母子をかばうように前に回った。乱闘になっても、赤ん坊に怪我《けが》をさせることだけは避けたい。

ところが権蔵は、のんびりした口調で、

〽あ　こりゃ　いい湯じゃのう
いい湯につかれば　いい気分
疲れも取れて寝ちゃいます

なんと唄《うた》い出したではないか。

すると、黒脛巾組の四人も、つられたように、

〽あ　こりゃ　いい湯だべえ
　みちのく　仙台　秋保の湯
　独眼竜《どくがんりゅう》のお墨付き

手まで叩いて、調子を合わせたのである。

「喧嘩はやめたみたいね」

あけびがそう言うと、

「よかったこと」

女は赤ん坊を抱いたまま、湯から出て行った。

しばらくして、

「あけび。上がるぞ」

権蔵がそう言ったとき、黒脛巾組の四人は、湯のなかで仰向《あおむ》けに横になっているではないか。

「死んだの？」

「いや。死んではいない。そのかわり、目が覚めたときは、すっかりのぼせて、おれと話したことなど、ぜんぶ忘れちまっているはずだ」

「へえ」

「感心してる場合か」

今度こそ、仙台藩から脱出するのだった。


（つづく）

初出
本書は、二〇二三年三月から二〇二五年一月にわたって『河北新報』『南信州新聞』『長野日報』『桐生タイムス』『大分合同新聞』『北鹿新聞』『三條新聞』『山梨日日新聞』『北海民友新聞』など各紙に順次掲載された作品を加筆修正したものです。

この物語はフィクションです。

著者紹介

風野真知雄（かぜの　まちお）

1951年、福島県生まれ。立教大学法学部卒業。93年、「黒牛と妖怪」で第17回歴史文学賞を受賞し、デビュー。2002年、第1回北東文芸賞、15年、「耳袋秘帖」シリーズで第4回歴史時代作家クラブ賞・シリーズ賞、『沙羅沙羅越え』で第21回中山義秀文学賞を受賞。著書に、「いい湯じゃのう」「新・若さま同心 徳川竜之助」「わるじい義剣帖」「味見方同心」「大名やくざ」シリーズ、『恋の川、春の町』など。

PHP文芸文庫　象が来たぞぉ(一)
くノ一忍湯《にんとう》帖

2025年2月21日　第1版第1刷

著者　風野真知雄
発行者　永田貴之
発行所　株式会社PHP研究所
東京本部　〒135-8137　江東区豊洲5-6-52
文化事業部　☎03-3520-9620(編集)
普及部　☎03-3520-9630(販売)
京都本部　〒601-8411　京都市南区西九条北ノ内町11

PHP INTERFACE　https://www.php.co.jp/

組版　株式会社PHPエディターズ・グループ
印刷所　大日本印刷株式会社
製本所　株式会社大進堂

© Machio Kazeno 2025 Printed in Japan
ISBN978-4-569-90457-3
※本書の無断複製(コピー・スキャン・デジタル化等)は著作権法で認められた場合を除き、禁じられています。また、本書を代行業者等に依頼してスキャンやデジタル化することは、いかなる場合でも認められておりません。
※落丁・乱丁本の場合は弊社制作管理部(☎03-3520-9626)へご連絡下さい。送料弊社負担にてお取り替えいたします。

PHP文芸文庫

いい湯じゃのう（一）〜（三）

風野真知雄　著

徳川吉宗が湯屋で謎解き⁉　そこに江戸を揺るがす、ご落胤騒動が……。お庭番やくノ一も入り乱れる、笑いとスリルのシリーズ！